邓·云·乡·集

红楼梦忆

图文精选本

中华书局

图书在版编目(CIP)数据

红楼梦忆:图文精选本/邓云乡著. —北京:中华书局,2024.
8.—(邓云乡集).—ISBN 978-7-101-16733-7

Ⅰ.I251

中国国家版本馆 CIP 数据核字第 2024LT8245 号

书　　名	红楼梦忆(图文精选本)
著　　者	邓云乡
丛 书 名	邓云乡集
策划统筹	贾雪飞
责任编辑	黄飞立
装帧设计	刘　丽
责任印制	管　斌
出版发行	中华书局
	(北京市丰台区太平桥西里 38 号　100073)
	http://www.zhbc.com.cn
	E-mail:zhbc@zhbc.com.cn
印　　刷	北京中科印刷有限公司
版　　次	2024 年 8 月第 1 版
	2024 年 8 月第 1 次印刷
规　　格	开本/787×1092 毫米　1/32
	印张 7⅛　插页 10　字数 100 千字
印　　数	1—5000 册
国际书号	ISBN 978-7-101-16733-7
定　　价	59.00 元

出版说明

邓云乡（1924.8.28—1999.2.9），当代著名作家、民俗学家、红学家。1936年初随父母迁居北京，1947年毕业于北京大学中文系，1956年因工作调动定居上海。

邓先生出身于书香世家，少年迁居北京后，于长辈亲族处耳濡目染，且游走于俞平伯、谢国桢、顾廷龙、谭其骧等前辈学者间，对旧京遗事、燕京风物、北平民俗等熟谙于胸，在著作中娓娓道来却让人耳目一新，被谭其骧先生称为"不可多得的乡土民俗读物"，是呈现书香文脉、补益时代人文的优秀文化读本。同时，邓云乡先生长期从事《红楼梦》研究，以着重生活风物、服饰饮食等考证著称，更因《红楼风俗谭》一书成为87版电视剧《红楼梦》唯一的民俗指导。

邓先生学养深厚，笔耕不辍，著作等身。2015年中华书局出版的《邓云乡集》17种，囊括了他绝大部分著述，出版以来广受好评。今在其百年诞辰之际，推出图文精选本，择其代表著作中迄今仍引领阅读风尚者，每册约取六至八万文字，配以相关必要图片，以便读者借助文史大家的提点，便捷地领略中华民族博大精深的文化魅力。

中华书局2015版《红楼梦忆》包括"红楼梦忆""红楼诗草""红楼零简"三部分，今择取最能反映87版《红楼梦》拍摄全程及其中典型事件的代表性篇章55篇，以见其书大旨。若读者希望完整了解《红楼梦忆》一书，请阅读邓云乡先生原作。

中华书局上海聚珍编辑部

2024年7月

目　录

惜别词

　　《红楼梦》电视连续剧九月二十一日在河北省正定县新建"荣国府""宁荣街"拍完最后一个大场面，外景基本上完成了。剧组大队人马撤回北京，再补拍一些零星镜头，便将全部完成前期工作，转入后期制作。我提前一天回到北京，翌日即乘车回沪。

　　来去匆匆，思想上整天考虑的是如何安排好时间。赶回上海，一面忙于新学年开学，学生上课；一方面又因苏州建城二千五百周年纪念，园林局友人、文管会友人都曾委托一些事情要帮忙办理。"俞樾故居"曲园前面春在堂、乐知堂部分已经修复，需参加开放盛会。这个时期，十分忙乱，忙得我似乎没有意识到"红楼"电视已经拍完了，大家要分手了，依依惜别之情，一时还未在我感情中浮现……

王扶林导演来了封信，我读着信中的词句：

（北京市领导）不忘《红楼》在倡建大观园的功绩，二日中午在一家很有特色的饭店宴请剧组领导和演员，王蒙、艾知生二位部长也应邀参加……今天下午三点在彩电中心大门口全体合影留念，并聚餐、联欢。三年来的创作生活，同志们共患难、同甘苦，到今天眼看分别在即，不免要动情。这三年，您是见证人，也是艺术创作的指导者、参加人。我想也会有不少感慨，若有诗兴，不妨来它一首。我想电视杂志一定会拍手欢迎的。

这时我忽然感到有些黯然了，"黯然销魂者，唯别而已矣"。我忙乱的思维忽然得到突破，惜别之情涌上心头了。我写了一首词，谱的是《水调歌头》：

> 三载月明夜，客里过中秋。新添华发双鬓，都是为"红楼"。记得黄山云海，多少锦城秀色，千古说悠悠。收拾荧屏上，滋味在心头。　　访古郡，兴营造，拟公侯。荣宁府邸，深深庭院又勾留。宝黛痴情万种，阿凤繁华过眼，花落水东流。惜别情无限，"真假"似云浮。

在词前，我加了一段小引：

> 为"红楼"电视，甲子于黄山太平，乙丑于成都灌县，丙寅于正定古郡，客中三过中秋。重阳前，镜头均已拍竣，导演王扶林兄来书索词。回思三年中为"红楼"同甘共苦，今幸而成功。唯分手在即，离情不免继之。故谱小词赠之。

这样，用小词抒发了我的惜别之情。

白发 "红" 缘

新添华发双鬓，都是为 "红楼"。

虽然不是好词，但我说的是实话。由一九八四年二月开始，在苏州甪（lù）直拍序集的镜头，到一九八六年九月底全部完成，实足用了两年零八个月的时间（除去演员训练班等准备工作、案头工作时间不计外），共拍万把个镜头，严寒酷暑、起早摸黑……其辛勤劳累，真可以说是笔难尽述。导演王扶林同志两三年来，大家异口同声地说他头发白多了。我也明显地看着他两鬓白发增多……"莫等闲白了少年头，空悲切！" 但这不是 "等闲" 白了，而是为 "红楼" 白了。为了祖国这份伟大文学遗产——《红楼梦》的普及，为它变为更形象的电视艺术，新添几缕白发，是值得的。"白发"，是三年辛勤艺术生涯的甘苦见证，也是三年辛勤艺术生涯的欣慰收获。

说是三年，其实还不只三年。早在一九八二年秋天，在上海漕河泾上海师范大学（当时还叫上海师范学院）召开的第三届《红楼梦》学会年会上，王扶林导演就特地到我房间中找我谈话，讨论把《红楼梦》改编成电视剧、筹备拍摄等问题。屈指算来，实足也还不到三年半的时间。他现在两鬓花白，而当时却还是头发乌黑、风度翩翩呢。

这是我和他初次见面，是红学会秘书长胡文彬兄介绍的，但他并未同来。二人初见面却都是自我介绍。当时谈到最后，一致感到：把《红楼梦》拍摄成电视连续剧，是极有意义的。但是原作的艺术境界太高，改编拍摄，条件距离太远，困难太多了。当时他还说笑话：不但钱是个无底洞，不知要花多少；而且这个宝玉，一会儿谈诗论文，像个大人；一会儿猴在凤姐身上，倒在王夫人怀里，像个孩子……忽大忽小，似男似女……上哪里去找呢？

在第三次红学会期间，我们谈过两次，此后，一隔就将近一年半，再未见面，也无联系。一九八三年秋，在南京开红学会年会，扶林兄未来，只遇见编剧之一的周雷兄，告诉我剧本已写好，准备开拍了。我听了很兴奋，但因同此工作无关系，只是一般的祝贺而已。其心情只不过像一个一般的"红迷"，特别关心此事而已。

我怎么会和《红楼梦》电视剧再结艺术姻缘呢？那是在一九八四年春节前五六天，天气很冷，我正在我那六点三平方米的小屋中哈冻写稿。忽然一阵叩门声，我拉开房门一看：一位不认识的、穿棉军大衣的姑娘站在门前，自称是《红楼梦》电视剧组的工作人员，带来了编剧周雷的亲笔信，找我有事。我一看信，原来是要我去苏州"准备"一条二百年前的街道，街上要布置种种摊贩……

事情很突然，但我义不容辞。第二天下午，我和三位同志一齐赶到苏州，开始结下"红"缘。

姑苏岁暮

多亏了苏州老友，画家、诗人王西野兄帮助，使我能在苏州广结"红"缘，完成了剧组的任务。

那天下午，我们匆匆赶到苏州，下榻姑苏饭店。当晚，即和西野兄研究工作，要布置一条二百多年前的姑苏小街——《红楼梦》中写的是"这阊门外有个十里街"。实际可以看出是以"七里山塘"的山塘街为背景的——都应该有一些什么摊贩，先草草作一计划：什么卖桃花坞年画的呀，卖虎丘泥人的呀，支着绣床卖苏绣的呀，卖糖粥的"骆驼担"呀……以及卖花、卖鸟、测字、算命等等，一下子罗列了几十种。这时离开拍不过半月左右。这些古老的摊贩、稀奇的道具，该到哪里去找呢？决定第二天邀请几位能帮忙的开个会。

恰巧第二天是星期日，又是农历腊月二十七，家家忙着准备年菜。而那天又下着大雪，事情很急，只好包了个车，冒雪挨家把客人从厨房中请了来。都是熟朋友，大家一听说拍《红楼梦》电视剧，都感到很兴奋，愿意主动帮忙。

苏州刺绣研究所主任、著名画家、刺绣专家徐绍青兄，把所中珍藏的乾隆年间木版桃花坞年画和康熙、乾隆年间的绣品、帐沿、衣裙、荷包等都拿了出来，并由研究所中年轻的女刺绣家来担任临时演员，届时摆摊表演。苏州博物馆领导也大力支持，拿出馆藏清代前期的虎丘泥人——俗名"落架"来参加摆摊，并由馆中的一位会捏泥人的老先生充当临时演员。这种泥人就是《红楼梦》第六十七回所写："一出一出的泥人儿的戏，用青纱罩的匣子装着，又有在虎丘山上泥捏的薛蟠的小像，与薛蟠毫无相差，宝钗见了……不禁笑起来了。"

这些用泥捏的人头像，加上粉彩，与真人面部颜色神情一样，身体不用泥捏，而是木架子。外穿小衣服，衣服还可以按季节更换，配上小桌子、小椅子，像生活行乐图一样。我读了几十年《红楼梦》，还是第一次见到这样的泥人小像。

沿街叫卖赤豆糖粥、馄饨等的"骆驼担"也找到了。这种古老的竹制小贩担子在苏州街头已消失多年，这次好不容易找到一副。这种担子造型特殊，两头翘起，一头下面可放小火钵，上置锅子，保持温度；一头有小架子、小柜等，可放碗、筷、调羹等；中间毛竹片扁担，扛在肩上，十分轻巧。而放在地上，样子像匹骆驼，所以叫"骆驼担"。这种古老的带有江南地方色彩的吃食担子，也像北京旧时的馄饨担、杏仁茶担一样，使用功能是多方面的。但北京的是木制，而"骆驼担"则是竹制，更为轻巧。

现在电视播出了，看见荧屏上"十里街""甄士隐"门前的摊贩，不禁想起前景，感到真像是昨天的事一样。

十里街·葫芦庙

　　早在我去苏州之前，剧组美工人员已经开到水乡古镇甪直，经过个把月的努力，场景十里街、葫芦庙、甄士隐家一一都搭出来了。剧组人员是过了春节陆续南下的。全班人马到齐，已经是灯节之后了，而且先在嘉善一所旧宅子中拍了一些甄士隐家中书房内的镜头，然后才来到甪直。

　　甪直，这个姑苏城东南六七十里路程、金鸡湖畔的小镇，却是大大有名的。从现代来说，它是叶圣陶老先生青年时期教书的地方。叶老的创作生涯，是从这里开始的，早期在文学研究会的创作，不少都是在这个幽静的小镇上写成的。当年到这里不通陆路，只

有水路，要坐着脚划船，哗啦哗啦地划来。

甪直，有极著名的古刹保圣寺。庙中的罗汉据传是唐代杨惠之所塑，是我国最古老的塑像，比著名的元代刘元塑，还要早几百年。半世纪前，这著名的罗汉堂已残破不堪，罗汉像也只剩下八尊。后来叶恭绰先生倡导，由著名建筑家梁思成先生设计施工，把残破的罗汉堂，改建成为陈列馆，加了防火、防水措施，总算将这珍贵的古文物保存下来。而更重要的是对塑像本身，未加任何修补粉饰，保存着原有的神态风格。这就叫作"整旧如旧"，是保存古文物的典范。可惜的是，不少人不懂这点道理，使不少古建筑在修缮中反而受到破坏。

甪直，如再往上追溯历史，那就更久远，可以远溯到唐代名诗人陆龟蒙的故里，斗鸭池的所在地。不过这些不必多说了，所要说的只是《红楼梦》。

《红楼梦》一开始写的不是京城，却是苏州：

> 按那石上书云：当日地陷东南，这东南有个姑苏城，城中阊门……这阊门外有个十里街，街内有个仁清巷，巷内有个古庙，因地方狭窄，人皆呼作"葫芦庙"。庙旁住着一家乡宦，姓甄，名费，字士隐……

"甄"者，真也，"费"者，废也，"士隐"者，事隐也。读者可鉴，《红楼梦》是假的；而这姑苏城、阊门等等却还是真的。但在今天苏州阊门外，又如何能找到二百年前的仁清巷、葫芦庙呢？——自然这又是假的了。

用直小街，不足一丈宽，古老的石板路，却很热闹，路顶头便是河，狭窄的小街尽头对着一座高高的小石桥，在石桥搭一个小牌楼，写上三个字，便是十里街了。

街中间转进去，一条短巷，一座古刹，便是著名的保圣寺，寺门换块用"米波罗"塑料做的匾，就是葫芦庙了。妙在庙门前有座古老的石井，而且还有井亭，正好让小沙弥打水，古老的意境多么理想啊！

"假作真时真亦假"，《红楼梦》中，真真假假，谁能弄得清呢？第一、二集中有不少镜头，请观众在荧屏上细细地去观赏研究吧！

开机典礼

　　在用直除去拍十里街、葫芦庙、甄士隐家门前诸场景外，还拍了一场贾雨村升了县太爷，"乌帽猩袍"，坐着大轿上任的戏。这场戏是在用直东南面河道口，一座古老的大桥上拍的。执事、轿子缓缓地由桥上下来，镜头推近，现出纱帽红袍、端坐在轿中的贾雨村的上半身。贾雨村出来做官，《红楼梦》第二回写道：

　　　　原来雨村因那年士隐赠银之后……大比之期，
　　十分得意，中了进士，选入外班，今已升了本县
　　太爷。

"大比"是在京城举行的"会试"，春天举行。先在贡院（即国家考场）考，取中的发一榜，再到皇宫考，分出等级。三等的泛称"进士"，分配工作。"内班"在京中各部报到，分配当差。"外班"到各省的县中做县丞（相当于副县长）、教谕（如教育局的职责）以及小县知县（全称"知某某县事"，官场中客气称呼叫"大令"，百姓称"县太爷""大老爷"等），然后再升知县或大县知县。所以原文叫"今已升了本县太爷"。知县是七品官，下面还有八品、九品的小官，到"九品"为止。下面极小官吏均叫作"未入流"了。孙悟空的"弼马温"，就是"未入流"。贾雨村穿明代的官服：乌纱帽、大红圆领、七品补子。但《红楼梦》作者预先声明他的书无朝代可考，所以不明写明代或清代官服，只写"乌帽猩袍"四字。猩是"猩猩红"。据说染红色加"猩猩血"之后，可以永不掉色。

顺便说个笑话：演贾雨村的刘宗祐同志人很高大，美工同志把他坐的那顶轿做得很结实，都是好木头，分量很重。用直中学的同学做临时演员抬轿子，十分吃力。而拍摄时，一遍两遍拍不好，坐轿的"官"很舒服，而把抬轿的同学却给累坏了。现在想想，还感过意不去。

拍这场戏，作为整个《红楼梦》电视剧拍摄的开机典礼。总监制戴临风、电视剧制作中心阮若琳、副总监制胡文彬、编剧刘耕路等几位同志，都由北京赶来参加。在大桥下面，摆了一排椅子，面对拍摄现场。地方领导和《大众电视》等报刊的记者也都来了；看热闹的群众也很多，场面十分热闹。

这天天气很好，但过了一天寒流来了。原想"二月春风似剪刀"，谁知江南水乡农村春天的寒冷，是十分"结棍"的。北京的客人，以为南方比北方暖和，换上春装，衣冠楚楚地到甪直来了。而甪直小地方，没有取暖设备的高级旅馆，只有江南式的客栈、招待所。住在上下飕飕透着冷风的小客栈中，在北京暖气房间住惯的人，犹如置身于雪柜中，实在受不了，都匆匆而来，又匆匆而去了。最后闹元宵、火烧葫芦庙等大场面他们都未参加。

用直最后大场面，直拍到午夜三点多钟才结束。完成了《红楼梦》电视剧最早序集的摄制任务，实际等于"练兵"。这时宝、黛、钗是谁还不知道呢。

开讲江南风俗

早在一九八四年三月初，在苏州甪直拍序集时，编剧周雷同志就对我说，他就要赶回北京准备演员训练班的教学工作去了。并约我安排好时间，去北京给演员讲课。

几周之后，接到他的来信，说是演员学习班已经开学，十分隆重。当时王昆仑老先生还健在，也来出席了开学盛典。王朝闻先生、周汝昌先生等都来参加了。信中还说：原约我讲"北京风俗"等等，现因这一专题，已请朱家溍先生讲了，要我讲一下《红楼梦》中的"江南风俗"。

四月上旬，我到了北京。剧组演员训练班驻地，

在圆明园西洋楼大水法残石后面，一个全是平房、小有庭院的招待所。记不清是什么单位办的了，不过，也无需我替它扬名，因为它后来自己大大地扬了名。那便是在六月份发生了食物中毒事件，不少剧组小演员都送了医院，差一点出了人命。

　　头天到了北京，第二天就开讲。题目就是"《红楼梦》中的江南风俗"。

招待所中没有教室，讲课的地方是一间大会议室。听讲的人，有的坐沙发，有的坐折叠椅；讲课的人坐在沙发上，面对大家。坐在沙发上讲课，在我大半辈子粉笔生涯中，却还是头一次。不过这也有缺点：边上靠墙竖了一块黑板，要站起来写字，就比较费劲。

　　沙发前放了一个茶几，茶几上放一台录音机，一边讲，一边录音。管录音的是后来演湘云的郭宵珍，她原是安庆黄梅戏剧团的小演员。当时我并不知道，只看见个穿着黑色线衫的朴素的圆脸小姑娘，提着个录音机，一声不响，腼腆地坐在茶几边椅子上，把录音机放下，插上电源插头，又上好带子——一切都较文静、安详，似乎还没有显现出"湘云"的豪爽劲儿。

　　我本人是北方人，而从小却和世居北京的南方人做邻居，长大了又久客江南，岳家也是浙江人，风俗之南北异同，在情趣上感受也特别深。在前人的文学历史作品中，南北异趣的作品，我都有深切感受。既喜欢吃饺子，也喜欢吃圆子；既领略"燕山雪花大如席"的苦寒，也钟情"飞入梅花香不见"的清冷；既爱读《燕京岁时记》，也爱读专写吴下风俗的《清嘉录》……从某种程度讲，我是一个"南北和"，但从某种程度讲，我又是个"南北异"。

像我这样的人，讲"《红楼梦》中的江南风俗"，不是天造地设吗？坦率的老王卖瓜，还是可爱的——读者以为如何呢？

《红楼梦》中风俗习惯，大部分都是北京的，也有不少部分是受江南影响的。其故安在呢？很简单："北京风俗"不等于北方风俗。曹雪芹写《红楼梦》时代的那个北京城——也就是明成祖永乐年间修的那个北京，到他写出时，已做了三百五六十年首都。江南人、江南风俗大量影响首都，《红楼梦》中怎么能不写到呢？这次讲稿，后在北京续成，曾经发表在刊物上，现在收在《红楼风俗谭》一书中。

曹雪芹纪念馆

在五月一日劳动节前，剧组为学员们安排了一次参观、游览。游览香山，参观大观园沙盘模型，参观曹雪芹纪念馆。

那天天气特别好，一路新绿宜人，春花似锦。两部大旅游车，把学员和工作人员们全部送到香山脚下静宜园门前。四五十位穿着新式春装的姑娘，像一簇艳丽的鲜花一样，使香山脚下密如蚁阵般的人群，目为之眩……

我也有近二十年未逛香山了，突然发现香山门前比昔时厂甸门前人还多，还挤，我真有些愕然了……

望着鬼见愁顶上细如米粒排队等乘缆车下山的人群，我早已无意游山，只在下面转了转——这次活动只有参观给我留下深刻的印象。

大观园沙盘模型，我是第一次见到。这是一座十几平方米大的模型，是以《红楼梦》中"宝玉题对匾""元妃省亲""刘姥姥逛大观园""抄检大观园"等回目中所写的路线制作的。按一定比例制成的建筑沙盘模型，不同于中国传统营造中的"烫样"，而是点缀了花木人物的工艺模型。原来模型中有四百多个不到一寸高的仕女小人，装饰在各处，据闻是六十年代一位七十来岁高手老艺人制作的，其精美可以想见了。

这个模型一九六四年曾运到日本各地展览过。国外展览回来，没有与国内见面，就因为众所周知的原因——被打入冷宫了。扔至仓库中，十分幸运，没有被破坏；三中全会之后，重见天日，只是搁置年久，损坏不少。"小人儿"也坏了，遗失了不少，展出前要加修补。而原作老艺人早已成为古人了，岂不可

叹？——这个模型，就是今天在北京新建大观园的雏型。

　　曹雪芹纪念馆，那真是个极为萧疏、爽朗、风景优美的所在。面对香山、西山，峰峦起伏，一派绿意；门前不远，一条小河，流水淙淙而去；侧面望去，看见的是半山间昔时八旗屯兵的残破营垒；短短的院墙小街门前，乱石砌的台阶，有几株标志着岁月的老槐树，浮着春光中的嫩绿，闪着日影中的游丝……这个处所，不论真假，都可以想象"举家食粥酒常赊""不如著书黄叶村"的曹雪芹了。我徘徊、低回者久之，也写了一首《永遇乐》，词云：

黄叶孤村，我来偏是，春暮时候。四望青山，迎眉嫩绿，照映浑如绣。古槐陌巷，闲花野草，午韵消磨清昼。小门中，纸窗土炕，待赊两杯村酒。　　思量旧日，斯人幽独，蛩唱秋灯户牖。收拾繁华，惟余憔悴，风月随更漏。著书情远，柝声哀怨，文字漫留身后。任流水，年年绕屋，落红漾走。

首次小品练习

演员第一阶段学习，主要是学习《红楼梦》，理解《红楼梦》；第二阶段学习，则是学习表演艺术；在两个阶段之间，有第一次小品练习，目的是为第二次、第三次打下基础。

在演员学习班的前一阶段，导演在家忙于写分镜头本子，没有到训练班来。直到小品练习那天，他才赶来。见面第一句先问我：

"老兄，你看这些演员怎么样！"

说笑之间，又似问话，又带自豪。

"真不容易，聚集了这么多'大观园'中人。"

我的回答，既表示赞赏，又道出艰辛。

演员们做第一次小品，准备是十分认真的。因为都十分熟悉了，所以接连不断地拥到我房中来问长问短。

第一次做小品，初步显示了这些姑娘们的表演才能，如后来全剧中发挥大作用的陈晓旭、邓婕、张莉、袁玫、成梅、周月、刘继红、郭宵珍、郑铮、姬培杰、陈剑月、杨晓玲等，都做了很充分的表演。不过这次小品，只是给人留下了初步印象，还未定"终身"呢。但就是这次初步印象，也使人能感到谁的"戏"多，谁的"戏"来得快；而另一方面，也使人看到明显的差距。

这些演员，从年龄上说，都比较接近大观园中女孩子们的形象；从外貌上说，都是十分漂亮的。但有此条件，并不能说就能演好戏，更不能说就能演好"红楼梦中人"。年龄、外貌固然重要，而不能演戏，表情出不来，也是枉然。学员中有一位姑娘，只有十六七岁，最小，长相十分美。但是做不来戏，不要说正面，背影都站的不是地方。怎么办呢？只好割爱，十分遗憾了。原因就是：选演员不是选美，而是要选出个性，选出戏。不过就《红楼梦》来说，年轻、美貌，当然是必要的。人到中年，纵然名气再大，演技再高，对于"十二金钗"说来，那也是无能为力了。这是剧组坚决选用年轻新演员的道理。

在后来，有的报纸记者，问演员看过几遍《红楼梦》。其实剧组的演员在学习班中，就是把《红楼梦》当作教科书的。讲原作时，要看《红楼梦》；练习小品，以及后来写角色自传和长期的演出过程中，也都是随时翻阅原作的。所以演员回答记者也妙：我们自己也不知看了几遍。其实，这还不只是看几遍《红楼梦》的问题。而更难解决的是：时代隔阂问题，古老文化的修养问题，传统闺秀生活与现代青年女性生活的差距问题……戏好演，而生活更难于表现。回头一看，差距在此啊！真正达到曹雪芹的艺术标准，又谈何容易！因此只能是各种程度的"近似值"，不可能奢望出现"等号"的。

"红楼西席"

一九八四年七月末，我又回到北京。未在城内耽搁，当天即趋车去八大处北空招待所剧组驻地。直到九月初离开，在此共住了四十来天。

工作情况，大体可分两个阶段：开头两周仍是请专家来给学员讲课。当时各个学员所饰演的角色都已派定，各人心中有数，听起课来更专一，也就更容易提高了。记得课程都是周雷同志安排的，除让我讲了"礼仪"和"衣、食、住、行"等专题而外，还请了冯其庸、张毕来、周汝昌、蒋和森等诸位先生。

第二阶段是演员写角色自传和做所担任角色的化

妆小品，类似舞台剧的正式上演之前的彩排。这是正式开拍之前的最后案头工作，也是每个人十分重要的最后准备阶段，似乎也可以比作训练阶段的最后"冲刺"吧。

演员写角色自传，每个人都是十分认真的，主要角色如此，次要角色也如此。比如饰演莺儿的刘玲玲同志，虽然所演角色戏并不多，但她却写了很长的角色自传。当然她的文化基础较好，但认真研究，却是更主要的。去年她在完成了演出任务之后，已考入戏剧学院深造去了。

因为我住在招待所内，和他（她）们朝夕相处，所以写角色自传时期，我房中川流不息，来问问题的特别多。原稿拿来让我修改，我便给这些小演员们改起稿件来，似乎真是以"老师"自居了。"人之患在好为人师"，教了半辈子书，最后当上了"红楼梦"中的教习，岂不更加"危险"，岂止"患"而已哉？不过，说来似乎超过了贾雨村、贾代儒，因为前者只教一人，后者却只教男学生。我教的比他们范围更广了，说

▶ 邓云乡与《红楼》演员边散步边说戏

句高级文言辞："岂不懿欤！"我真想刻块"红楼西席"的闲章，但一直未能找到合适的刻手。读者中有哪位能与我结此"金石缘"呢？

所住招待所在八大处西北面。八大处是北京西山有名的风景区。招待所在一个山洼洼里，四望群山环抱，风景很好。由住楼到大门这段路散散步是很好的。饰演探春的东方闻樱女士，是一个十分好学的青年。每天晚饭后，她总是约我在这条路上散步，顺便让我给她简略地讲中国通史。这种在一个美好的环境中，边谈边走的讲课形式，在讲者与听者都是一种怡然自得的境界。而学校教育却总是关在千篇一律的教室中讲授，讲者絮絮，听者昏昏，辜负了数不清的春秋佳日，实在似乎是人生最大的一种损失。

这条路上，有几棵大树，一是偃松，二是老槐。偃松长得很低，却很大很老，树龄大约最少在二百年以上了，不知是清代哪位王公贝勒园林、坟茔的植物。因为西山这一带旧时园林、茔地是很多的，能种这样偃松的人家，自然非比寻常。清代最著名的是宣南慈仁寺的偃松，是当年王渔洋赏识过的。可惜小演员们只知道买花裙子、涂唇膏打扮青春年华，并不理会这一套。所谓"见乔木而思故国"的历史感，似乎也还是迂腐的老学究的感觉吧。世界又多绚丽，又感寂寞，应该如何想象曹雪芹和《红楼梦》呢？

正是八月天，山中也不凉爽。但北国气候的温差大，晚饭后，六七点钟，便凉快多了，因而这散步时的感受是最深的。

化妆小记

在八大处时期，因为开拍的日期越来越近，各方面准备工作都在积极进行。化妆组先搬到这里开始工作了。请来了兰州《丝路花雨》舞剧的著名化妆师杨树云同志。树云同志是研究唐代化妆的专家，对敦煌莫高窟壁画上的唐妆和唐诗中的描绘，都作过对照研究。和我一见面，就把他在《兰州大学学报》上发表的论文拿给我看。记得是一篇讨论唐代仕女画眉的文章，资料翔实，分析细密，的确是专门之作。所以舞剧《丝路花雨》的化妆获得巨大的成功，载誉世界，不是偶然的。一切都是来自学问中，自不同于一般就化妆谈化妆者。

　　他仔细地研究了各个演员的面型，和
他（她）们饰演的角色。《红楼梦》主要是
女孩子的戏，自然重点是要设计好这些女
孩子——也就是"十二金钗"的妆。"十二
金钗"究竟是什么打扮呢？谁也没有见过。

所见过的，都是假的，不是画，就是戏。由改七芗的《十二金钗图》，到梅兰芳先生的《黛玉葬花》，都是古装仕女的发型。《红楼梦》中人物，究竟梳什么样的头，戴什么样的花，簪什么样的首饰才好，是颇费斟酌的。按照导创人员的假想，把电视剧《红楼梦》的时代，假定至明清之间，这样大体给化妆造型定下了个大范围。

但具体设计，还要下功夫仔细研究。同样一个人，有盛妆、淡妆、便妆、晚妆、晨妆、病妆等等。生活中的装饰多种多样，电视、电影是更真实地反映生活的，因而也要针对剧情，富于变化，设计多种多样的发型、头饰。况且是《红楼梦》这样的大戏，如在发型头饰上没有创造，那是十分遗憾的。

树云同志精心设计，但这么多女孩子，都要在发型、头饰上显示出不同的风韵，也的确不是一件容易事。高超的艺术创造，过硬的化妆技艺，也要在这里显示功夫。我特别欣赏他为尤二姐梳的头，一抹秀发，斜覆额上，善良、妩媚又稍带娇艳之态，欣然托出。我称之为"二姐媚妆"，为谱《如梦令》云：

> 一抹秀云眉上，妩媚更添娇样，记得嫁衣裳，笑语花枝深巷。惆怅！惆怅！飞入断肠罗网。

当时我还写了"妙玉禅妆""元春宫妆""可卿艳妆""李纨淡妆"等小令。我本来还要写"黛玉素妆""晴雯病妆""宝钗华妆""凤姐盛妆""平儿泪妆""袭人佣妆"等等。但迄今尚未交卷。

发型有一个致命伤，就是现代姑娘都是短发，因而化妆不得不借助假发。对镜梳妆，真正秀发之美，不能表现，太可惜了。

太平湖黛玉北上

一九八四年九月中旬，我在上海接到王扶林导演的电报：九月二十六日在黄山市宾馆等我。电报是他在四川采景途中拍的。于是我有了黄山之行。

这原是在北京八大处招待所中约好的。黛玉北上的戏在太平湖拍摄。为什么把景选在太平湖？这里有两条理由。一是黛玉北上是坐船走水路，按照书中所写，是由扬州登舟，沿大运河北上，可是如果照实选景，困难较大，因运河古道上，现代化的东西太多了。就以扬州到淮阴这段说吧，水面上小火轮来去繁忙，两岸电杆木、工厂烟囱、现代楼房，随处皆有，拍电视无法躲避。太平湖没有这些干扰。二是太平湖山青水绿，有极美丽的风景，正好使黛玉这样的人，在这样美的诗境中缓缓北上，这样才能显示出"红楼梦"所要求的意境和气氛。

当然，要找类似的景，别的地方也有，可是不能无限制地去找。这原是编剧周岭同志路过时留下印象，后来采景特地去一看，便定下了——黄山脚下太平湖，便与《红楼梦》电视剧缔结了良缘。

所谓黄山脚下太平湖，在地图上是找不到的，因为历史上根本没有她的名字。她——太平湖，芳龄迄今只有十八岁，比黛玉——陈晓旭还小两三岁呢。

在安徽太平县、泾县境内，黄山、九华山之间，青弋江上游，两山间昔时有众多的溪水：麻川、溪、舒溪、秧溪、清溪……万千年来，涓涓不息，流到二十世纪七十年代，当地人民在下游陈村地区修了一条长四百米、高七十五米的重力拱坝，这样人为的陵谷变迁，太平湖就出现了。由乌石乡渡船至大坝，水程四十八公里，水面最宽处四公里。

这个大坝是一九七〇年修成的，蓄洪之后，有二十四亿立方。水深平均三四十米。初名陈村水库，一九七九年划归太平县，因而改名为太平湖。黄山风景区在太平县境内，因为发展的需要，风景区与太平县相合，建制改为黄山市，是安徽省的省辖市。

由上海去，有三种走法。一是坐长途汽车直达，较为艰苦，要走十二三个小时。二是坐火车去杭州，再坐长途汽车，也很吃力。我是第三种走法。由上海坐火车到南京，由南京再坐火车到屯溪。由屯溪下火车上汽车，两小时到黄山脚下；又坐汽车一小时多，到了黄山市。换了四次车，才到达目的地，但较为省力，而且一路有不少奇趣，留待下文再说吧。

黛玉的船

由南京转车，几经辗转，才至黄山市宾馆，与王扶林导演见面。因摄像等同志在黄山顶上拍戏，他在下面正筹办拍摄黛玉北上的准备工作。北上的坐船尚未加工好，剧组未下山，在这两三天空档中，却加了一个小任务，就是为太平湖拍摄一部风光片，让我来执笔。写文字本子未曾动笔，先要看一看实景，第二天就约我游湖。

游太平湖回来，在码头边，我随王扶林导演，到码头附近，参观正在太平船厂中改装的黛玉坐船。

黛玉北上，《红楼梦》原书中写着："登舟而去。"

一条船还不够，原书又写："雨村另有船只。"这样，就得两条船。

这是一大一小两条木船。大的全长有三丈多，小的长有两丈多。《红楼梦》时代，江河上行走的船，大体可分这么几类：粮船、货船、官船、渔船、画舫、舢舨等。长途载客的是官船。官船有大有小，但一律都有舱房，乘客起居坐卧，十分方便。现在老式木船，载货的、捕鱼的还可找到；专为坐人的官船，现在没有了。黛玉北上的船，是用条老式木货船改装的。黛玉坐的那条大船，改装了前舱。前舱中陈设了家具、书桌、书架、椅子、绣墩等等。前舱有门通后舱，如果是真船，自然后舱也有眠床、箱笼。但这是拍电视，只拍前舱的镜头，不拍后舱，所以后舱没有改装。

船头像廊子一样，有一小卷棚。开头油漆时，朱栏碧窗，十分漂亮，但不合剧情要求，因为弄成画舫了。王扶林导演让美工同志给改过来，全部改刷荸荠漆，并适当做旧一些，这样才像长途行旅的"官船"。

两旁船窗，十分宽敞，可以自由开合，十分方便。但是旧时女眷乘船，不宜让外面看到船里，因而挂竹帘是十分必要的。所以我提出必须挂上帘子。而且从拍电视的艺术气氛、美学角度构思挂帘子，大有好处。古诗中"朱帘暮卷西山雨""水晶帘下看梳头""更无人处帘垂地"……东方美的艺术气氛，诗情画意，在帘子上大有讲究，现在黛玉在船上竹帘前的镜头，就十分有画意。可惜帘子不够精美，是太平县竹器工艺厂所做的。太平大量出产竹子，却不会做精美的竹帘——而且根本不做竹帘，这帘子还是勉强加工的。

　　如何表现是贾府的船呢？船头上挂一只官衔灯笼，便更加"官船官派"了。只是限于客观的工艺水平，没有能制造出更精美的官衔纱灯。不过这船也载黛玉北上了：波光帆影，渡头落日，离人愁绪……都在画面上出现了。

　　遗憾的是没有能把运河特征的镜头——如《话说运河》中东昌府码头系缆绳的石桩补进去。那桩上有

▶ 邓云乡为《红楼》剧中官船题匾

岁月痕迹的"缆绳沟",如果黛玉的船在那石桩上一系就好了。

黛玉的船现仍在太平湖,我为它题匾曰"潇湘涵碧"。寄语旅游的同志,不妨去看看,去坐坐!

"神仙洞"虚惊

　　拍摄外景，天气是个重要的条件。天公合作，要晴便晴，要雨便雨，就十分顺利；反之，要晴偏雨，要雨偏晴，便要耽误时间，人也烦躁。有时却会发生意想不到的事。不妨说一下太平湖上的一场虚惊，事后回忆是十分有趣的，读者看了也可以知道一点拍摄电视时的辛苦情况。

　　太平湖拍摄，全是水上作业。不论"黛玉北上"也好，贾雨村浪迹漫游也好，风光片也好，都要坐船，而且都是到几十里以外的拍摄点。如贾雨村牵马的镜头，那个地方离岸边码头约六十里。旱路也通，却要兜个大圈子，路程更远，所以也走水路。而湖中行船，只能白天走，下午五点一过，湖中便要下拦河鱼网，夜间要捕鱼了。湖中白鱼、草青、鲫鱼……有重几十斤者。那时甲鱼只卖一元一斤，真是"黄青紫蟹不论钱"的好地方。晚间湖中百数里的水面下，到处都是拦河鱼网。船一航行，便要把鱼网碰断，因而是不允许夜航的。一入夜，那湖中各个岛上的所有人家，便与外界隔绝，电话也没有，如同太古时代了。

湖上有个樵山，离码头二三小时水程。山上有个山洞，俗名神仙洞，洞深千五百米，宽十五米，可容千人。洞中钟乳石奇形怪状，各具姿态，有"水田""旱田""观音台""莲花盘""仙人床""莲花厅""仙人钟""万年戏台""狮子吼天""卧狼""金盆滴漏""神仙坎""天花漫顶"等名称。洞中还有泉水，水脉很旺，成为洞中河流湖泊，可以划船。只是要爬一段山路，才能到达半山林莽中的洞口……这样神秘而美好的崖洞，当然引起大家的兴趣，甚至有人想拍摄它用以代替《红楼梦》的太虚幻境，结果决定拍摄为风光片的一组镜头。

去拍摄的那天，早上落着点小雨。我没有去，副导演孙桂珍同志也没去。不料这天午饭之后，天气骤变，雨越来越大，而且还夹着狂风。看着这样的天气，待在招待所中的人，不由地为拍摄神仙洞的人担心起来，只希望他们早点回来。可是一直等到午夜还不见他们的踪影……按时间计算，他们拍摄到下午一两点钟即可结束，四点左右即可到码头了。如果住在那些山村中，也应该给招待所通个消息……想着想着，算定他们归程中，大概是翻了船，掉在湖里了。那深处足有七十多米呀——可怎么办呢？孙导演不由掉下眼泪，连小雪雁也泪流满面了。

第二天上午，雨过天晴。拍神仙洞的人，欢天喜地回来了，一个也不缺。但是，身上都滚满了山泥，因为风雨中的神仙洞口，太难爬了……

香雪海落花流水

　　初到苏州，首先抓紧拍的是梅花花期。《红楼梦》中芦雪亭联诗中的白雪红梅，是理想的画面，在实际生活中是可遇而不可求的。拍电视限定日期要拍这种镜头、要拍真实的场景，那是不可能的。但是把大片梅花、把真实风光拍入画面，又是非常美丽的。这就要看如何利用、如何安排了。

　　木渎"香雪海"的大片梅林，近些年已大不如前了。为什么？因为不少老梅树已被伐去，梅林土地改作苗圃，培育各种苗木了。对农民经济收入来说，出售种苗，比经营老梅树、出售梅子，经济效益更高。这对改善农村经济自然有好处，而对保存苏州著名的风景区却大有坏处。因为两三年之间，"香雪海"已变为"湖""池"甚至"小水塘"了。沧海桑田之感，不免令人油然而生。

昔日"香雪海"的梅林，分白梅、红梅、绿萼三种。红梅、胭脂梅很少。绿萼偶见，未放时花蕾是绿色的，而这种梅花，在即将开放、花蕾含苞时，就被花农采摘，卖给药厂制药去了。比较常见的是白梅。剧组在一个小山村边，找到一片白梅林。旁边有小河流过，河上有一小石桥。临时再加工做了石栏、曲径等等，居然是"大观园"的一角了。繁花欲谢，浑浑沌沌又花枝招展的姑娘们嬉笑于花树间，为花树系上小彩幡、绫罗制的小车马……拍摄下来，被剪辑到"送花神"的情节中去。这就显示出大观园中花团锦绣的色彩、姑娘们天真烂漫的气氛……

旁边小河沟上小石桥，桥下水涓涓流过。把大量梅花瓣从上游丢到水中，从桥洞飘浮而过，摄像机在下游等着。拍呀，拍呀，行话叫作"空镜头"，也就是只有物，没有人的镜头。但这些镜头太重要了……

"花落水流红、闲愁万种。"黛玉的身世、黛玉的情思、黛玉的泪眼……把这些流水落花的画面穿插进去，"一朝春尽红颜老，花落人亡两不知"的情感就会更形象地感染观众，您便忍不住要落泪了。

在编了简单竹篱的曲径上，黛玉荷着花锄，提着花囊，沿着曲径，步过小桥；缓缓而去，又缓缓而来……"幽僻处可有人行，点苍苔白露泠泠。"这样的画面，是一首诗，是一曲歌，那样悠闲、那样飘逸，淡淡的愁、深深的情……有谁能真正领会曹雪芹笔下所塑造的、凝聚中国几千年文化精髓的美丽化身、盐政闺秀的感情深度呢？

苏州天平山下木渎"香雪海"的小小山村，落花流水之间，留下了"林姑娘"的幽思。林姑娘真正的感情，不也似乎正是在这吴宫古地、山水草木之间孕育的吗？不要忘了林妹妹是苏州人，让她回到故乡孕育感情不更好吗？——现代科技伟大，"林妹妹"活了……

艺圃传情

苏州的园林，是举世闻名的。但在园林中拍电视，尤其是旅游旺季，那却是十分困难的。著名园子如拙政园、狮子林、留园、虎丘等处，每天游客都以万计。虎丘春天，人多时可到三四万人。在这些地方拍摄电视，不但费用可观，就是那拥挤的游客，拍摄时围观起来，秩序也很难维持。所以必须找到最理想的地方。

多亏了诗人、画家王西野兄，他对吴下名园了如指掌，与园林局关系又极为密切，经营修复，多所咨询筹划。他建议我们避开大园找小园，避开热园找冷园。这正与导演的意图吻合，因为计划来苏州园林拍戏时，就想到这点。不能用熟园子、熟镜头，否则观

众一看荧屏画面，马上会指出这是拙政园
某处，这是狮子林某处……如此那就没有
《红楼梦》中的大观园了。因此必须找冷
僻的、不大为人所知晓的小园子——这样
首先找到了艺圃。

艺圃是苏州园林局新修复的一处别具
风格的小园，在阊门里一条安静的深巷
中。狭窄的石板深弄，是苏州陌巷的特
色。过去只有行人、小轿，本世纪前期，

自然也走黄包车。但现在的汽车却开不进去，拍戏时运送演员、道具、摄像机等物的汽车，只能停在弄堂口上，大家拿着工具走进去。

艺圃历史上的主人，是十分有名的——这里是明代吴门画派大名鼎鼎的画家文徵明的故居。由于年代久远，经历明、清及近代，早已几经沧桑。虽然大体格局还在，但近若干年来，早已残破不堪了。苏州园林局为了保存吴下文物，特别拨了经费，加以修复。小园由三部分组成：一座以大水榭为主的庭院，一泓大水池，一座假山。水榭轩窗全部开启，俯视池水，面对假山，以池水潋滟、山态爽朗取胜，独具风格，完全不同于吴下其他小园的幽邃曲折。再者因为地处僻巷，新修之后，游客并不多，只有附近市民，每日来大水榭茶座吃茶，其他游者寥寥。红剧组便选择这里拍了一组镜头："蜂腰桥小红遇贾芸""小红遗帕""坠儿与贾芸谈话"等等。

电视选景，景观要曲折、要有层次。艺圃水面虽小，而水位很高；假山不大，而山脚沿水处高低石径却爽朗有致，又有层次。镜头打出去，既非一览无余，又非过分曲折，不能看透。这里远处一个月亮门，然后沿山石路错落两三个弯，就到了一个小石桥前，也就是"蜂腰桥"了。贾芸过去，小红走来，正好眉目传情……但现场使用时，实景总要加加工，才能更显示意境。于是临时在桥边种了一株小柳树，柳条摇曳，就显出小红姑娘穿花拂柳而来的形象了——少了它，便不行！

耦园落花

　　黛玉葬花一段戏中，有一个拾落花的镜头：满地残红。拾起一朵，放在掌心看看。伤春感逝，诗情闺怨，多少莫名的惆怅，在此一刹那中，都表现出来了……黛玉表现的是性格、内心，在这种地方是最出戏的。

　　观众们知道这个小小的镜头是在什么地方拍的吗？又看得出拾起的那朵落红是什么花吗？

　　"落红一片，暗惜流年换。"说起这一镜头，也是两年前的事了，情景历历。那是在苏州城东一个小小的园林中，它的名字是"耦园"。

　　耦园在平江路东面，靠近旧时城墙的一条水巷中。

清末曾任上海道的沈秉成，有一定文学艺术修养。宦囊充足之后，很会享受。回到苏州，在住宅东西，各修一小园。他夫人名严永华，也很有才艺，自称为"不栉书生"。夫妻十分相得，因名其园为"耦园"，有双关之意，并制联云："耦园结佳偶，诗侣住诗城。"

百数年来，园已残破。近年修复了东园，亦称"耦园"，实在只是耦园之半。园不大，有小桥流水亭台之胜。其中最宜人处，是东面的一排楼房。楼房东西两面都有窗。西窗开在园内，东窗开处，昔时面对城墙。苏州水城，沿城墙内外都有河道，有水关互通，有水门出入。这里正靠近葑门，日夜船舶来往很多，咿呜橹声不断，所以主人为此楼起了一个很雅的名称，匾曰"听橹楼"。读书声、唱诗声、诵经声、摇橹声、落叶声、雨打芭蕉声、风撼老树声……都是古老的中国文化常常称道的声音，不同于官吏喊堂声、账房算盘声、泼妇骂街声……当然更不同于所谓歌星们的号叫声了。

闲话少说，再续"红楼"。听橹楼下假山边有两株高大的山茶花。江南露天山茶着花最早，红艳纷繁，极为可观。只是两三天后，便落红狼藉了。但由于色彩娇嫩，十分宜于在荧屏上显示，所以黛玉拾落花便选择在这里拍摄。她拾起来，托在掌心观赏的，便是一小朵嫩红的山茶花。

顺便说一下，小红站在角门上传说"宫里娘娘端午节的礼品赏赐下来了"，也是在耦园的二门上拍的。遗憾的是：这个角门虽然很幽雅，而旁边却有一株盛开的白玉兰。严格来讲，这与剧情节令不合，如果是一株盛开的红石榴就好了。但说话容易，安排起镜头拍摄地点、时间和顺序来，就十分困难了。有时一个小问题，认真安排，就要花大量的精力、时间和金钱。限于种种条件，有时不得不就简了。整个戏中，类似这样的地方，说来是很多的。不然，谁个说电视电影是遗憾的艺术呢！

寄畅园一日

在苏州拍摄的同时，无锡寄畅园中还准备了一堂拢翠庵的景。有一些美工同志住在无锡惠山公园招待所中加紧赶工，扶林导演约我抽空去看了一趟。

寄畅园更是名园，在惠山"天下第二泉"的旁边。《红楼梦》中芳官对宝玉说："在家时能喝好几斤惠泉酒呢。"所说"惠泉"，指的就是这里。寄畅是明清旧园，康熙、乾隆南巡时，都曾到过寄畅园。据传"万园之园"的圆明园当年取法江南名园不断营建时，除取法"西湖十景"、四大名园如海宁隅园、杭州汪氏园外，也曾取法寄畅园的布局仿建。今天的寄畅园，仍是古木参天，厅榭爽朗，曲径幽深，韵味脱俗。

剧组在西南角的一个小院落中，布置了拢翠庵的禅房。这个小院落，有一条斜走廊横穿过去，镜头拍摄起来，有层次。小小一丛修竹，掩映窗棂，十分幽静，显示出禅房的气氛。也正应了贾母"还是出家人收拾得干净"的赞赏，真是一尘不染。品茶拢翠庵的戏就要在这里表演，妙玉下棋的戏也要在这里表演。

　　拢翠庵的山门在哪里呢？却又移在寄畅园的进门的小山后面。那里一个亭子，利用其背后，改装成拢翠庵的山门，十分幽僻。一条小径，弯了出去，俨然又是在大观园中了。

　　剧组在苏州拍戏，住在西门外煤矿招待所。本来预备苏州任务完成之后，再住到无锡，拍摄妙玉的戏。但搬运一次，十分麻烦，而苏州、无锡距离只九十多华里。经我建议，住处不变，放车去无锡拍摄，这样可以节约时间金钱，又比较便利。中饭、晚饭都买包子一类的点心解决，就这样定了。

　　那天起了个大早。大客车、面包车把大家装了去，到达现场，一切都很顺利。

先在拢翠庵门口拍妙玉迎接贾母等人以及送客的戏。姬培杰同志饰演妙玉。这天是她的重场戏，身穿月白色水田衣，头簪竹簪，又戴着淡色观音兜，真如一位妙龄女尼，仪态极佳。猛一看，又好像墨西哥影片《冷酷的心》中的那位修女。

拍完门口的戏，接着就拍品茶拢翠庵的戏。遗憾的是"点犀"这样的特殊道具未曾特制，没有能出特写，未免有负曹公细写"假古董"的笔墨了。

在园林拍戏，园林照常接待游客。这天寄畅园游人很多，五点静园之后，我一个人在后面山石畔休息。忽然听到四周围都是鸟声，真是如闻天籁，顿时想起欧阳修《醉翁亭记》中说的"游人去而百鸟喧也"的意境。曾写信给俞平伯师，夫子也很感兴趣。这天开了夜工，直到午夜十二时才同王导演等乘小车回到苏州招待所。（按：拢翠庵白雪红梅景是在东北拍的。小小拢翠庵，其选景也相隔数千里之遥了。）

杭州采景

　　一九八五年春，剧组到江南苏州、无锡拍摄外景，日期安排十分紧凑。但早了一些，又加这年春寒多雨，花期较迟，所以没有掌握好花期。正当花要盛开之时，剧组按日期完成任务，要北归了。

　　导演、摄像二位想利用空隙时间，在江南再选一些景。与我商量，我建议去杭州选景，并请老友、园林古建筑专家陈从周教授帮助介绍一些江南名园。我回到上海，与从周兄商量，他建议除去看杭州园林如刘庄、汪庄等处而外，不妨再去看看海盐南北湖、绮园等处。

　　按照约会的日子，我坐早车赶到杭州，联系好双峰插云的浙江宾馆一号楼。这是七十年代初杭州有名的代号绝密工程，但自温都尔汗爆炸坠毁之后，那情况就完全两样。现在这里二楼和地下通道以及那当年被准备作为指挥中心的场所，都卖票任人参观了。每天集体参观者络绎不绝。我们住的是一楼，另外有门出入。承宾馆同志的热情接待，也让我们免费参观了一次。但我在此不想多费笔墨，详详细细地介绍这一地方，只提一小点吧：在那铺满一寸多厚羊毛地毯的办公室、卧室等等而外，还有那极为宽大的卫生间供人参观，而且还挂着一块牌子："只供参观，不准使用。"——这块牌子，自然是十分必要的。但仔细一想，又不觉感到有些滑稽，似乎有一种历史的讽刺感。可惜北京故宫博物院没有把西太后当年装满水银的恭桶保存下来，不然也可以挂上"只供参观，不准使用"的牌子了。

导演王扶林、摄像李耀宗二位同志下午五时到，次日去看了植物园、花港观鱼、城隍山等处。电视外景，最好选游人较少的地方，这样既可避免熟景，人一看就知道某处；又可拍摄时避免群众围观。在城隍山——也就是所谓"立马吴山第一峰"的吴山后山，看那高大的宋樟和宽阔的一层层的上山道路，本来可以拍清虚观打醮的执事队伍，层次很好。只是现在吴山顶上的寺观都没有了，如果分开两处拍摄，这场戏道具太多，运送起来，十分费钱费力。所以，这一景点只好放弃了。

第三天，按照陈从周教授的介绍，专程去海盐看景。汽车沿着余杭的公路，经过著名的观潮圣地长安镇（旧时的海宁县城），然后来到海盐。实际这里是海盐的武原镇，现在是县政府所在地。著名的步鑫生创建的海盐衬衫厂就在这里。返回杭州途中，在长安镇观潮处停留了一会儿。一带石堤，放眼望去，海天无际。如在旧历八月十八，那海潮自然会以排山之势，拍上堤来。而此时，只是四月初，海上平静得很，一丝浪也没有。堤下只一片沙滩，远处才是海呢。

海盐归来，当晚确定拍摄日程：五月间北京、江南两处开机，争取速度；派小分队南来，在杭州、海盐两处拍摄花事及宝钗扑蝶。

绮园古藤

杭州选景结束，我先回上海，他们由杭州直飞北京。五一节过后，先遣美工人员白波同志由京来沪找我。记得我陪他还去找了从周教授，写了介绍信，由他先去杭州、海盐现场准备布景。

五月八日，海盐张元济先生图书馆举行奠基典礼。我随上海图书馆名誉馆长顾起潜先生、从周教授等二位，应邀一道去参加了。红剧组小分队约定好五月六日南下去杭。我算好日期，奠基典礼九号一结束，我去杭州正好见面。到了海盐的当天晚间，突然《浙江日报》记者同志见访。不是采访参加菊生先生图书馆奠基的事，却是采写"红楼"电视的事。后来他们写了一篇特写，好像是"星期专访"之类的，登在五月十二日的《浙江日报》上，还是第二次到海盐绮园拍戏时，扶林导演先看见的。

张元济先生，字菊生，是商务印书馆的创始人，我国近代文化、出版界的奠基人之一，原籍海盐。为了纪念商务印书馆建馆九十周年，也为了纪念菊老本人，在他故乡修建一座图书馆。一九八五年五月八日奠基，今年已落成了。在我写此文时，已收到海盐县委、县政府的请柬。同样五月八日，要去海盐参加落成典礼。而"红楼"电视也已于五月二日在北京、香港正式播放。事业有成，神州春好，我感到是无限欣慰的。眼前的事暂且少说，还回到"红楼梦忆"上。在此说一下绮园。

在海盐第二天上午，大家游览绮园。二十多天前，采景时我来过一次，这回已经是第二次了。这个园子一进来给人一种特殊的感觉。虽然不是盛夏，却使人感到有无限夏木森森之感，一派浓绿映人。我开始不注意，直到陪着顾起潜先生在园后拍照时，才发现了这一奇异感觉的秘密。原来是一棵根深叶茂的古藤在作怪——我仔细一查看，这株古藤牵藤引蔓，几乎遍布全园，每株大树上都绕着它的枝叶，真正蔚为奇观了。如果在湖南张家界、云南西双版纳的深山亚热带森林中，看到这样的古藤，那是不足为奇的。妙在是这样的小园中，却长着这样的奇物，不能不叹为观止。按照绮园的园龄，不过是十九世纪末，距今百年之谱。而这株藤萝，其年龄却远不止此。苏州拙政园文徵明手植藤，树龄近五百年，却比它小得多；因而推算它的年龄，起码要在八百年左右，是宋朝的遗物了。

感谢这株古藤，使园中清荫密布，让宝玉在这阴凉下闲走，表现了《红楼梦》第三十回所写"树阴匝地"的意境。这样使得海盐的绮园也被剪辑进大观园中来了。自然，更重要的还是滴翠亭。

花与蝴蝶

　　绮园一角，集中了不少古碑。我正在同两位老先生观赏议论之际，忽然一位熟悉的女音在背后喊我——我自然知道是谁。回头一看，果然是红剧副导演孙桂珍同志，她同摄像李耀宗同志特地由杭州坐车赶到现场，研究机位来了。我知道剧组小分队已经到了杭州，她们告诉了我住处，并约我和她们同车回杭州。但我海盐的会还未结束，不能一起走。一天半之后，我乘长途汽车到了杭州。

　　这次剧组小分队住在一个汽车公司的招待所中，在武林门附近，是一个很杂乱的地方，好在只住两三天。

这次在杭州主要任务，是拍宝钗拍蝶，另外拍摄一些繁花的空镜头。什么叫"空镜头"呢？前面在"香雪海落花流水"一节中已简略说过。为了让读者了解得更具体些，不妨再多说几句。"空镜头"是拍摄电影、电视的术语。所谓"空"，不是镜头面前空无一物，放出来一片白，而是没有剧情故事，镜头面前只有景，或只有景和人，而人不表演故事……这些空镜头可以在剪辑时选择些插在情节中用。"武林四月花如海，湖水湖烟不胜情。"现在显现在《红楼梦》电视荧屏画面上的美丽的花朵，不少都是摄像耀宗同志这次远征杭州的收获。空镜头好拍，收入镜头作为资料好了；而一遇到实一点的东西，与人连在一起的活东西，有时就不好办了，如宝钗拍蝶的蝴蝶。

事见《红楼梦》第二十七回："忽见面前一双玉色蝴蝶，大如团扇，一上一下，迎风翩跹，十分有趣。宝钗意欲扑了来玩耍……只见那一双蝴蝶，忽起忽落，来来往往，将欲过河去了……"

作为文学艺术意到笔到，几分钟时间毫不费力地就写好了；如果画为图画，也比较容易；但作为电视艺术来表现，那可十分困难了。如何让两个蝴蝶在摄像机镜头前飞来飞去呢？观众不妨想想，哪个蝴蝶可以听人指挥……更不要说那世界上不大经见的"大如团扇"的"一双玉色蝴蝶"了。清代著名的"太常仙蝶"的故事，是脍炙人口的京华掌故。曹雪芹写这一情节时，在构思上是否受到某些影响呢？不知道，也许有可能……

可是，拍电视却费了劲了。美工小刘别出心裁，做了一只薄绢大蝴蝶，装了一根极细的钢丝，挑在细竹竿上面。稍一摇动，猛一看，也很神似。但是又如何同宝钗结合起来，让它飞呢？真难办……在西山公园芍药亭畔拍摄时，小刘躺在花丛泥中，细竹竿挑着蝴蝶伸在花丛上面，引逗宝钗来拍。远看花上蝴蝶飞舞，像是真的。但躺在泥中的小刘，尽管不辞辛苦，为艺术作出牺牲，却无法快速移动，因而蝴蝶也不能"将欲过河去了"，只能原地"踏步"。

西子湖花絮

　　这次来到杭州西子湖畔和海盐绮园的"红楼"小分队演员，有演薛宝钗的张莉、演林黛玉的陈晓旭、演小红的刘继红以及"三春"——迎春金莉莉（按，剧中扮演迎春者两人，金莉莉考上电影学院之后，迎春改由四川姑娘牟一扮演）、探春东方闻樱、惜春胡泽红，还有袭人袁玫、史湘云郭宵珍，以及这一阶段担任场记、在剧中饰演尤三姐的周月……真可以说是莺莺燕燕，极一时之盛了。

　　除此之外，"万绿丛中一点红"，还有演宝玉的男演员欧阳奋强呢。在植物园月季花畦中拍一群姑娘和宝玉围着月季丛嬉耍的镜头时，花团锦绣，天真烂漫，似乎真把大观园中的欢声笑语表现出来了。

还有在曲院风荷小亭中拍黛玉、宝玉看书的远镜头，也是十分入画的。记得这一镜头黛玉所拿的线装书，还是我特地到浙江人美出版社找奚天鹰同志一同到古籍组借来的。但谁知编辑《红楼电视简介》镜头上，却发现黛玉手里拿的是宋、金时期写作的《董西厢》。为此，上海《新民报》还有人写文指出，友人、戏剧家徐扶明先生也当面问我。这一疏漏，记不起是哪里拍的了。我写此文时，可能已改正过来了。

这次在杭，日期不长，但尚有数则小花絮可引人发笑：

所住招待所比较杂乱，天气已很热。演员们化好妆拍戏，劳累了一天，希望晚间多休息，好好睡一夜，而偏偏不能如意。有的房间，喧哗打闹，半夜一两点钟不睡觉。东北姑娘演小红的刘继红，平日一天到晚笑咪咪，腼腆极了，从不跟人红脸。而一天夜间，被吵得实在忍无可忍，突然站在走廊中大叫，要那些喧哗的人出来"切磋、切磋"。南方人听不懂东北话,什么叫"切磋、切磋"?一下子就被镇住了,于是鸦雀无声、关门睡觉了——别的姑娘不得不佩服,刘继红的确有一手——"切磋、切磋"也传开了。

杭州奎元馆的面是海内外久负盛名的,尤其是"虾爆鳝"过桥面,更是名不虚传。我向她们介绍,并说明"过桥",就是临时起油锅炒虾、鳝浇到面上,如过炒双份浇头,便叫"双过桥"。她们便想试试,制片主任之一的郑彦昌同志以为吃碗面价不会太多,便自告奋勇要请客。不想同大家去了一看,一碗"虾爆鳝",将近五元钱,这么些人,这个客如何请得起呢……后来见面,当作笑话一再埋怨我,不该介绍她们去吃奎元馆的面。

姑娘们由春节后南北奔波连续拍戏,十分辛苦了。为了让她们休息两三天,我预先又专为她们订了浙江宾馆一号楼的床位。那里不只房间好,风景好,而且有室内游泳池,她们可以稍微宽松数日了。

北京有了大观园

　　北京大观园现在已经是天下闻名了，而且是真的——"京华何处大观园"的时代已经一去不复返了。有人问北京大观园在何处，回答是：北京宣武区白纸坊南菜园。

　　说"真"的，因为它是实实在在的园子；不是写在纸上的，画在画上的，摆在沙盘模型上的……那些，虽然引人入胜，但不能身临其境去游览。曹雪芹笔下的大观园——那是小说中的园子——永远使人神魂颠倒，但那是小说的魅力、艺术的魅力，它永远是"假"的。按其所写，盖个"真"的大观园，但也永远不能代替这个"假"的。二者永远不能重合。

▶ 北京大观园正门

不过，话又说回来了，"真"的虽不能代替"假"的，却可以拍入电视剧《红楼梦》中当真的。假戏真做嘛！

北京大观园是因为拍摄电视剧《红楼梦》而修建的。图样就是前文所说的那个曾经于六十年代中在日本展出、后来又被撂在仓库中冷落了二十多年的沙盘模型，不过作了些修改。因为在那个模型中，有大面积水面；而在《红楼梦》原文中，却似乎没有写到过有湖，所以水面缩小了。

其他怡红院、潇湘馆、秋爽斋……位置是照旧的。

地点选在宣武区白纸坊南菜园。这里过去是宣武区苗圃，南北长、东西狭窄的一块长方形地皮，共十二点五公顷。周围一圈，也和《红楼梦》中所写"三里半"差不多。

这里如从京华历史上讲，也是宣南有名的地方，正在右安门右侧。右安门过去俗名"南西门"，这一路在《红楼梦》时代，是通往丰台草桥游春、看花的要道，风景名胜说不完。《红楼梦》第二十四回写贾芸"……又拿了五十两银子，出西门找到花儿匠方椿家里去买树"等等，所说"西门"，其历史背景就是"南西门"，也就是右安门，现在的大观园就在它旁边。不过当年有城墙，这里是外城西南一隅的死角；现在没有城墙，新盖的大观园，交通四通八达了。

为了拍电视，修建大观园，得到北京市领导的大力支持。作为电视实景的建筑，不属于基建范围。工程分三期进行。为了配合电视剧《红楼梦》的拍摄，第一期工程十分快速：一九八四年七月开工，到一九八五年六月底已全部竣工了。

竣工的项目是大门（包括前面围墙、停车场）、大假山、沁芳亭、滴翠亭、怡红院、潇湘馆、秋爽斋、稻香村等处。剧组于七月间进大观园拍摄，驻地就设在大观园斜对门的一家小旅馆里，走来走去拍戏十分方便。我在上海，接到王扶林导演的电报，于一九八五年七月中旬来到北京大观园。

大观园建筑小谈

一年多了，总想写一篇题为《南北两"大观"》的文章，从园林艺术、古建筑等学术角度，谈谈我对北京、上海两个大观园的感想。但一直未写出，时间忙乱是主要原因。去年深秋陪几位开会代表去上海大观园，巧遇宣武区正副区长二位同志，正在上海大观园主任陪同下参观。原来南北大观园已结为"姊妹园林"了，这真是十分有趣的事情。

北京大观园在工程进度上是非常快的，在布置上，是忠实于《红楼梦》原作的。如怡红院与潇湘馆的距离，稻香村的位置，沁芳桥、沁芳亭的位置等等，都深得原作的意境。在建筑风格上，北京大观园完全是皇家苑囿的规模、京朝派的风格——要特别注意到：大观园是皇家苑囿，供贵妃省亲凤舆驻跸之所，而不是荣国府贾家的花园呀！

北京大观园的大门，修得十分漂亮，像王府的门，像颐和园的门，超过了《红楼梦》中所写的华丽程度。原文"那门栏窗槅，俱是细雕时新花样，并无朱粉涂饰"，现在则是朱漆大门了。值得赞赏的是大门黑地金字匾上"大观园"三字，是集唐人碑的正楷，庄严而挺秀，配得上这个园子。如让时下俗手一涂，那就糟了！西番莲花样的石刻，限于现在工艺水平和时间，比较粗糙，那是可以原谅的。

进门大假山，不够高，也无大树，不能体现原文"一带翠嶂挡在面前""好山、好山"的气势，自是十分遗憾。但也无更好的法子。更有引人发笑的是"曲径通幽处"的匾额，因原书中"莫如直书古人'曲径通幽'这旧句在上"一句，便刻了"曲径通幽处"五字。加一"处"字，便不合古代园林惯例，露怯了。书中清清楚楚只写四字，为什么加个"处"字呢？

沁芳亭十分精美，只可惜低了些。感觉上似乎不是"桥上有亭"，而只是水边敞轩。

潇湘馆在沁芳桥边，这里设计很好，体现了原文的构思。院中布局也好。遗憾的是北京种竹不能很快成林，没有"凤尾森森、龙吟细细"的"千百竿翠竹遮映"，如何能成为潇湘妃子的潇湘馆呢？但这限于自然条件，一时无法可想。要稍待岁月，北京是可以种竹成林的。附带说一句潇湘馆柱子、门窗油漆成浅绿，又画上竹叶，弄成文明戏布景的样子，太怯了。这哪里像皇家贵妃的省亲别墅，又哪里像黛玉吟咏的高雅"书房"呢？

怡红院比《红楼梦》中写的要阔气多了，是北京大观园最华丽的处所，以后文中多提到，在此先不多说。总结一句话：北京大观园好处是符合原书设想，交通便利，参观方便；困难是缺少活水，四周高楼烟囱太多，风景被破坏了。

花鸭子和仙鹤

　　在怡红院门前，朱门金环，雕梁焕彩，双扉紧闭……摄像机已对好了，监视器也接好了，录像也都准备好了；几条水龙带，同时开始射水，一场人工雨从天而降……出现在监视器荧屏上的是：大雨中的怡红院门，雨注从鸳鸯瓦枕中哗哗流下；忽然，镜头一转，宝玉从沁芳桥方向跑过来，被淋得像落汤鸡一样，冒雨跑到门前，敲起门来。

　　这样的场景，熟悉《红楼梦》的人，自然知道是拍摄什么。

　　与此同时：怡红院中一群女孩子笑语喧天，正在把阴沟堵住，把水聚在院中，把花鸭子、鸳鸯等水禽，绑住翅膀，放在雨水中凫；玩得正高兴，嘻嘻哈哈，哪里听得清楚叫门声……好不容易听见，袭人出来开门，宝玉抬腿一脚，"怡红院中第一人"当着众人，哎哟一声，被爷踢倒了——一个特写：袭人——也就是袁玫同志，安徽省黄梅剧团的青年演员——又惊、又羞、又痛的泪眼显现在荧屏上了。这场戏演得正是火候，颇见功夫。

自然，这同时发生的故事，显现在荧屏上也是同一时间，而在拍摄时却是好几天的事。记得，门外那场戏摄制十分顺利；而门里院子中的戏，拍摄时却相当费劲。

因为怡红院中，当时只有砖铺的引路。未铺砖的地方，也无草皮，只是黄土，夏天十分干燥。那天选择西南角廊子下阴凉处，用土垒一小堤，用水龙带往里面浇水，然后放花鸭子和鸳鸯等。但是下面干土，水份渗透很快，虽然浇了不少水，但仍然很浅；那花鸭子浮不起来，只是站在泥浆中。姑娘们在廊子上拍手又叫又笑，赶着这些花鸭子浮水，可它们还是不肯浮。水太浅，让它们如何浮得起来呢……急得美工、道具同志们满头大汗，忙前忙后，好不容易把这场戏才拍好……让花鸭子、鸳鸯等水禽作戏，比人要难摆弄多了。

　　花鸭子难弄，但也有好弄的，那就是仙鹤。《红楼梦》第二十六回写贾芸见怡红院中"那边有两只仙鹤，在松树下剔翎"。因而拍贾芸来到怡红院时，必须有两只仙鹤。那天从北京动物园请了两只仙鹤来，代价是"聘金"八百元，参加演出半天。自然，这"薪金"比林妹妹、宝姐姐大多了。仙鹤是管接管送，用笼子装来的，自然还跟着动物园养鹤的师傅。开始担心它放出来不听指挥，吃惊乱跑。不想到底是有"仙意"的飞禽，放出来在院中悠闲散步，十分自然，顺利地完成了表演任务。

准备大场面

　　剧组曾经几度进入北京大观园拍戏，而晴雯诸戏，是第一次在园中拍。当时虽然开机已一年多了，但拍好的镜头并不多，进度还比较慢。尤其是一些重头戏，场景不齐备；一些大场面戏，也因准备不充分，都还没有拍。《红楼梦》原著中，本来绚丽的大场面就非常多；改编为电视，虽不能全部表现，但也必须表现其中极为重要的几场，不然又如何能表现《红楼梦》呢？

　　"红楼"电视要拍三场重戏、大戏，那就是"元妃省亲""秦可卿出殡""清虚观打醮"三场重头戏。仅次于此者，还有"元宵夜宴""探春远嫁""中秋夜宴""红香圃寿诞"等等。第一次进入北京大观园拍摄时，这些大场面基本上一个都还没有拍呢。王扶林导演早在年前就写信来，约我协助把这些戏拍好，我也愿尽自己的力量，贡献一得之愚。美工总设计刘宝俊同志虽然接手较晚，但日以继夜地研究，做这些大场面的准备工作。同时各处选景，确定拍摄大场面的地点。

在初进大观园拍摄的同时，关于大场面的整套图纸，刘宝俊和风雷二位同志都已一一绘制好了。王扶林导演打电报约我来京，首先是一同研究这套图纸。

一天，在怡红院"宝玉"的房中，开了研究图纸的工作会。剧组职能部门的人都参加了。图纸包括清虚观打醮场景、元妃省亲大观楼场景、中秋拜月、夜宴等场景……刘宝俊同志介绍了设计思想，各张图纸的意图，临时演员的人数，灯光来源、角度、照度，摄像机的位置，如何变化等等。大家反复研究，提了意见，确定了方案……后来各个大场面的拍摄，都是按照这些套图纸进行的。

按照拍摄计划，初进大观园的摄制期限到这年八月底完成。九月初去四川，拍摄期限是两个月。大场面原定是清虚观、"大观楼"、中秋夜宴、贾敬灵堂等等。因为南、北大观园工程都把大观楼放在后期工程，所以拍摄"红楼"电视不能充分利用，"远水不解近渴"，有什么办法呢？只好各处去找了。

　　总体图纸设计、艺术才华、历史学识，均于此中见功夫，是难能可贵的。但还远远不是到此为止，更重要是大量的道具制作。这不但要花很多的钱，而且要有材料，不少都是特殊的材料；还要有工艺水平，这在《红楼梦》时代，或退回半个世纪，也都不成问题。但今天该有多么难呢？一顶大轿，活络轿框子，如何装配？有弹性的轿杆哪里去找料？镶边的轿围子单的、夹的、棉的、呢的如何缝制？轿杆铜什件多么精美，哪里去找？一轿之微，以现有水平，就做不出。拍《红楼梦》，真要讲究，那就太难了。

"后四十回"讨论会

怡红院第一阶段的戏拍完之后，摄像机移到稻香村拍摄，主要拍小红传话的戏，事见原书第二十七回。稻香村按照曹雪芹描写，应该是"忽见青山斜阻"，"一带黄泥墙"，"几百枝杏花，如喷火蒸霞一般"，"分畦列亩，佳疏菜花，一望无际"等等。但北京大观园的稻香村，以上这些，都未体现，显得太单薄了。而且设计构思不明显，未到院门，先在角上一个亭子，绿柱茅草顶，便有些不伦不类，莫名其妙。如在此建一井台，装上辘轳，茅亭低些，用带树皮的圆木做柱子，可能会好些。

这个"亭子"在电视"试才题对额"时，也出现了。按书中所写，贾政在此还发了两句议论。景物不能烘托剧情，似乎为作戏而说话，影响演员表演，太遗憾了。北京大观园第一期工程中，以稻香村建筑最不够理想。过两年，树木长起来，风光可能好些，但僻处一隅，恐怕总难展现曹雪芹所描绘的意境。

剧组集中在稻香村拍戏时，我却因另外的任务，离开了两三天。一是连着开了两天会，研究后四十回的剧本；二是接待了几位专家，参观了拍戏的现场和大观园；三是去了一天正定，看了"荣国府"的工程，回来还参加了一次来今雨轩招待日本客人的"红楼宴"。

这里先说几句研究后四十回剧本会议情况。后四十回改编为电视剧本，是周岭同志执笔的。没有按照高鹗所续四十回改编；而是根据前八十回种种暗示、脂砚斋批语以及长期红学研究的成果，另起炉灶，作了种种设想改编的。其突出的意图，就是使"红楼"故事的结局，成为一个彻底"好了"的悲剧。这当然是一个非常大胆而危险的尝试，是要冒很大危险的。

▶ 俞平伯先生在南
沙沟家中同邓云乡
谈话（1982年）

早在半个多世纪前，俞平伯先生在
《论续书底不可能》一文中就说过："虽明
知八十回是未完的书，高氏所续有些是错
了的，但决不希望取高鹗而代之。因为我
如有'与君代兴'的野心，就不免自蹈前
人底覆辙。我宁可刊行一部《红楼梦辨》，
决不敢草一页的'续红楼梦'。"从俞先生
的文章中，可知此事之难了。

但是续书是续书，改编电视是改编电

视，二者自不能等同。周岭兄在改编的"红楼"电视中，显示了他的艺术才华，是大胆的，但又是有根据的、严肃认真的。当然是不是所有观众都能接受，那是另外的问题。报上讨论文章很多，是必然的。百家争鸣嘛！

这次会议由总监制戴临风同志、电视制作中心阮若琳主任主持，胡文彬、周雷、周岭和我都参加了讨论，对修改稿提了意见，争论也不少。两天会对剧组后来工作起了重要的巩固作用。

都江堰

　　所谓"都江堰"，就是在水枯季节，于江水流出万山、直泄平原的出口处，于江心修一巨型分水坝。水坝前低而锐，后宽而高。山洪暴发时，水头被坝一分为二。从现代科技的眼光来看，这工程是用力学分力原理以减少水势，从而把岷江水分为内江、外江两股；然后再引为沟渠，以收灌溉之利。

　　当然，在两千年前科学不发达的时代，修建这样大工程，是极为困难的；其修建手段，无疑也是较为原始的。但前人运用自己的智慧，观察分析了自然，洞察了物理之关键，便总结出了符合科学原理的施工办法，因而取得了成功。

在祀奉李冰父子的二王庙的影壁上，有六个擘窠大字："深淘滩，低作堰。"这就是李冰修筑都江堰的原则。又有两行石刻云："过弯截角，逢正抽心。"这也是治理都江水利的原则。

据范成大《吴船录》云："四十里至永康军（指由郫县安德镇来），一路江水分流，入诸渠皆雷轰雪卷，美田弥望。所谓岷山之下沃野者正在此。崇德庙在军城西门外山上，秦太守李冰父子庙食处也。"现在的二王庙，就是范成大说的"崇德庙"。自然建筑物几经兴废，早已不是宋代的了。

现在的庙门大匾，是四十三年前冯玉祥将军所题。庙中匾额不少，但大多是清代的。明清以来，成都府知府或二府同知有专管水利者，曰"署水利同知"，每年有专款维修都江堰水利工程。庙中现有清光绪丙午（一九〇六）知成都府事兼署水利同知文焕的一块石刻。其词云：

　　深挖滩，低作堰。六字旨，千秋鉴。挖河沙，堆堤岸。砌鱼嘴，安羊圈。立湃阙，留雷罐。笼编密，石装健。分四六，平潦（即旱字）。水画符，铁桩见。岁勤修，预防患。遵旧制，毋擅变。

从这块石刻的词句中，可以较为具体地了解到都江堰的旧时水利工程情况。

二王庙是道士庙，保存了历代奉祀纪念李冰父子的传统。庙产一度为园林部门管理。近年落实宗教政策，庙中诸事又由道士负责。除了有道士之外，还有几位青年女冠，在庙中修炼。

二王庙的当家道长，今年九十三岁了。身着毛料花呢道服，风度极好。在我们拍戏时，他老人家常常在一旁看热闹，似乎真是庙里"打醮"一样。据范成大《吴船录》记载，当年的"崇德庙"，"祠祭甚盛，岁剌羊五万。民买一羊将以祭，而偶产羔者亦不敢留，并驱以享。庙前屠户数十百家，永康郡计至专仰羊税"。由此可以想见宋代的崇德庙盛况。今天的二郎庙，则已成为游览胜地，每天来此的中外游客极多。

加上剧组在此拍摄"贾府庙中打醮"，就更热闹了。

当然，《红楼梦》剧为何选中在这里拍摄"打醮"的大场面，则容我在下节慢慢表来。

拍摄"打醮"

选取二王庙，是为拍摄《享福人福深还祷福》回目中贾母带领荣、宁二府的人，清虚观还愿打醮的戏。这出戏场面很多，镜头要以百来计算。其中最大的两个场景，一是在正院大殿拍贾母看戏，包括戏楼唱戏；二是在庙外小街上拍荣府打醮时的执事队伍及车轿马匹。

二王庙由正山门拾级而登，一直进入正殿前院。重檐两层楼的巍峨大殿，连石阶少说也有二十米高。正殿对着是戏楼，左右两侧是庑殿，也是楼房。《红楼梦》中凤姐的话道：

他们那里凉快，两边又有楼。咱们要去，我

头几天先打发人去，把那些道士都赶出去，把楼上打扫了，挂起帘子来，一个闲人不许放进庙去，才是好呢。

这在北京白云观、东岳庙都找不到的环境，却被剧组的选景人员在四川灌县二王庙找到了。在这里拍摄的戏中，摄像机录下了这样的场景：贾母、宝、黛等人坐在正殿面对戏台看戏，凤姐等人则坐边楼侧身看戏。这场戏道具极为精美，院中摆满了灯笼、旗锣伞扇、执事牌、金瓜、钺斧、朝天镫等"金八对"、"银八对"全份执事，大小食盒、猪羊三牲、香蜡供桌，房檐上挂满了神幡……完全是《红楼梦》所写的"一片锦绣香烟"的气象。

凤姐的目的是看戏。这时对面戏台上一台花团锦绣的戏正在演唱《白蛇记》《满床笏》《南柯梦》……北昆著名演员顾凤莉女士，二十多年前主演王昆仑老先生新编昆剧《晴雯》，饰晴雯。如今虽已"人到中年"，而仍戏中串戏，粉墨登场，演出了《满床笏》的

"拜堂"。她的表演都被一一收入镜头，把曹公雪芹描绘的故事用现代的科学技术予以形象化了。这场戏双机开拍，随时调动机位，一直拍到深夜二时才完成。这一天，凤莉同志大过戏瘾；但又要负责找临时演员，又要自己串戏，也是十分辛苦的了。

全部"打醮"过程，按照原作，还有这样的戏：贾母等人下轿时，小道士剪烛花，没有能躲出去，一头撞到凤姐怀中，被凤姐打了耳光。拍摄时，小道士是临时找的一位小演员。凤姐的扮演者邓婕扬手打时，心软下不了手，打得不狠，戏开始没有拍成功，只好重来。结果反复拍了几次才通过，那位小演员的脸也就被打红肿了。事后想起来，也真令人感到抱歉。可惜这个小演员的名字我未记住，不能在此明确写出向他表示感谢了。

此外，张道士接待贾母及众姐妹，凤姐与张道士说笑，张道士请宝玉的玉给道友们看等这些细腻的戏中，还有不少特写镜头。这些镜头都是在大殿旁边的一座鹤轩中拍的，而且也拍得相当不易。只是为免词费，我这里不再细说了。

平伯师与"红楼"电视

　　由于确定在上海大观园拍戏，因此先是副导演孙桂珍同志来沪，接着扶林导演、摄像耀宗同志又来沪，共同去现场研究机位，以便回京制订具体拍摄计划。接下来剧务部门的同志来，与拍摄现场负责人商洽费用，签订合同，并安排食住的地方。及至剧务主任王慧春同志，把各方面的具体事务落实之后，已经是一九八六年元月下旬了。

　　这时正好有另外一次与《红楼梦》有关、也与红学界有关的盛会，在北京举行。我已经接到中国社会科学院文学所的请柬，要去北京出席。是什么会呢？就是为俞平伯先生召开的从事教育学术研究活动六十五周年纪念会。这次会议会期定在一月二十日。这个日子是着意安排的。因为平伯老师的生日是旧历腊月初八，也就是传统风俗的腊八节。这年一月十八日正是"腊八"，欣逢平伯老师八十六岁华诞。我为剧组写好祝贺这次盛会的字幅：

　　期颐康乐，艺苑宗师

　　八个大字，并上下款，足以表达剧组对一代红学大师的景仰。同时，我自己也写了一首五言古诗，并和在沪的剧组主任王慧春同志说好，相偕十六日一同去京参加盛会，兼给平伯夫子拜寿。

　　可是事不凑巧，这几天正遇寒流袭沪，妻子突然受凉病倒了。她缠绵床褥，无人照顾，我不能离开，只好放弃了北京之行。字幅早已寄到北京剧组，装裱后送到会上去了。临时又托慧春同志给平伯师带去一只大蛋糕，略表我遥远的祝福。

　　过了两三天，就接到平伯老师的回信，可见夫子

喜悦之情了。我把原信一字不漏地引用在下面，以存
"红楼艺苑"之文献史料吧。原函云：

云乡兄：

　　昨承远惠佳品，感谢感谢。今月二十日荷文
学研究所雅意，为鄙人召开从事学术活动六十五周
年纪念会，到者约二百人。旧业抛荒，甚感惭愧不
安。其谈及《红楼》者，有两小节，只有旧醅，并
无新酒，迟日当捡以呈正。以动作说话都很艰难，
拟倩人（外孙韦奈）读之，仅可塞责。奈何。

　　即颂

大安

　　　　　　　　　　　平伯　　一月十七日

　　俞师日常赐函，十分客气。其称谓是北大老传统，
不客气称"兄"，客气者称"先生"。在此我稍作说明，
以免读者误会。这次盛会，周岭同志都做了现场摄像，
保留下全套录像带，记录了盛会的历史过程。遗憾的
是那天拍照的胶片全坏了，没有能留下一张照片。俞

师春秋已高，对于电视《红楼》，虽未列名，却因为私谊，时有消息。我以老学生的情谊，常常思念他老人家信中写到的点滴，较之偶然访问者，或者稍微真实些吧！

移花接木

老牛退位，虎儿迎来。丙寅春节过了，我特地刻了一块"虎虎有生气"的闲章，以迎接虎年的到来。正月初九，因苏州画家方书久先生画虎展览在网师园开幕，我被邀参加。两天之后，苏州园林局派车把我送到上海青浦县委招待所，而红楼剧组的同志，前一天则已经全到了。

根据与上海大观园管理处定的合同，剧组南下较早，为的是抢时间。因为大观园管理处主任要求：园中怡红院、潇湘馆等已开放的地方，在花期到来之前，剧组可以全天拍戏；在花期到来之后，便只能早晚使用；而在游人多的时候，则不能使用了。当时距离梅花盛开，不过十来天时间。因此，剧组只好决定将需要拍摄的戏，全部集中在梅花开放前几天拍摄。

这里的怡红院、潇湘馆，不是按照《红楼梦》中所写什么"小小的五间抱厦""抄手游廊"等京式规模设计的，因而不完全是曹雪芹的"怡红院""潇湘馆"，况且"怡红""潇湘"诸戏在北京大观园已经拍了不少，所以荧屏《红楼》的"怡红""潇湘"只能限制在北京大观园。在上海大观园中，对于淀山湖畔的"怡红""潇湘"二处庭院，便要移花接木，改作别用了。

"红剧"需要的场景非常地多，有些房舍也要多次出现。即使有些出现次数较少，但也不能重复，且不能忽略要有"富贵气象"。如凤姐和尤氏、秦可卿斗牌的房间（也似乎是秦可卿的客室），便是利用上海怡红院三间西厢房拍摄的。后来，宝玉带贾珍进来求邢夫人、王夫人允许凤姐协理宁国府，凤姐应允，接了宁国府对牌等戏，也是在此拍摄的。另外，鸳鸯抗婚中鸳鸯与袭人、平儿等谈话，又是此园潇湘馆外山石畔小亭中拍摄的。

上海大观园的条件还有胜过北京大观园的，就是在所有建筑物中，房舍亭榭，都摆着成堂的红木家具和古玩。拍摄时，只根据剧情及镜头角度，调动一下就可以了。由于省去了制作道具布景的麻烦，方便不少，便加快了拍摄速度。

自然，这些红木家具一般摆摆还过得去。如以高标准要求，那还有相当距离，原因就是规格较为杂乱。本来，明代的红木家具最高雅，谓之"明式"。康熙、乾隆之际的次之。上海大观园所摆，大多是近代的。而且有一种没有腿的螺钿多宝格式书架，虽然十分精巧，但那是日本式的放在"榻榻米"上的东西。现在摆在"怡红院"宝玉房中，本来就不伦不类。只是一般观众看了，觉得也算考究，就不去深究了。因此，在上海大观园里拍摄《红楼》剧，导演者不得不移花接木、巧作安排了。

顺便说一句，"红剧"中"试才题对额"、贾政带宝玉逛大观园的戏，也不是专在一地拍摄的。有的镜头拍自北京，有的镜头拍自上海。尤其那些闪现许多美丽的梅花、迎春的镜头，都是在上海大观园里拍下的。由于导演者的匠心和剪辑者的安排，现在电视荧屏上的"大观园"，基本上是南北大观园的集锦！

梨香院内外

老友、著名古建筑和园林专家、同济大学陈从周教授，曾对我说：看电视"红楼"里梨香院贾蔷、龄官的戏，特别感兴趣是那两个小鸟，会飞来飞去开箱子、衔小旗子。同时说：这是北方玩鸟的养法……说笑之间，显示出真个行家的模样——自然，园林专家同样也该有对鸟的渊博知识嘛。不过，我在此不想说鸟，而是谈谈梨香院，因为也是一年多之前的旧事了。

淀山湖畔上海大观园的梨香院，也是新落成而未开放的建筑，这次"红楼"电视拍戏，派了大用场。第一，派上在此拍摄贾蔷和龄官的戏；第二，则派上更重要的用场：宝姑娘初到贾府，不是也住在梨香院吗？因而"奇缘识金锁"也是在此拍摄的；第三，也许更重要的，就是这里还做了宝玉、宝钗成亲的洞房。此外，噩耗传来，元妃薨了，也是在此拍摄的。这样上海大观园新建的梨香院便跟贾家的命运联系起来，甚至可以这样说：电视中贾家可悲的结局，就是从这里开始的。

梨香院如果关上院门，只是里外两个院落，并无风景。里面院落有戏台，有大花厅，当时作为仓库，剧组未用。只用了外院三大间有廊子的北房。所有戏都是在外院拍摄的。

梨香院坐落在大观园西部。从怡红院门口西北行过一座长石桥，往北走偏东斜过去就到了。长桥三孔，是引淀山湖水入园的必经之路。站在桥上西望淀山湖，波光浩淼。东望北面省亲别墅的大牌楼，庄严典丽。后面大观楼、缀锦阁等建筑颇有"飞楼插空，雕甍绣槛"的气势。东面南望，则是白石栏杆护岸、"体仁沐德"的水榭，一派疏窗，有似河房，明畅闲雅。反之，如由以上二处望石桥，则见长虹斜卧，烟雨人影，风月残荷，极饶诗意。遗憾的是在设计上这样连贯风景线、构成诗情画意风景点的桥，却又画蛇添足，被造园者破坏了。在桥的西面，离桥不过一二丈，盖了一座楼；在桥的东面，紧贴桥根，北面是一个大石舫，南面是一个大亭子。四个建筑挤在一起，不是互相借景，而是互相破坏，让人感到设计者真是"智者千虑，必有一失"了。

明人计成的《园冶》是集园林建筑艺术构思大成的作品。它首先强调一个"势"字。上海大观园据自然地形建园，林木水趣、院落亭榭，布置都十分成功。从风景上说，得天独厚，比北京大观园好得多。唯独在梨香院外，这座重要的桥的设计上，犯了拥挤局促之病，十分遗憾。

梨香院的西北有一土丘，有四五丈高，是造园挖泥堆砌而成。如今林木已成，还没有建筑物。我拍戏之余，每于黄昏后登丘一望，眼界开阔，十分可观。《红楼梦》于时令未写重阳，如重阳日在此登高，想也是难得的胜游了。

淀山湖梅林

上海淀山湖畔的梅花很值得作一番介绍。赏梅，有几种境界。一是盆梅，适宜于萧斋华屋，茶寮禅房，作案头清供；二是梅树，适宜于篱边驿畔，深院窗前，供水石点缀；三是梅林，以多为胜，以老树为胜，可为香雪海，可成蜂阵，供倾城看花，万家游赏。

江南以梅林著称者，为南京梅园、无锡梅园、苏州天平、邓尉、杭州孤山等处。在记苏州拍摄时，我曾经谈过，苏州天平、邓尉等处香雪海的梅林，近年已很少了。农民都去掉老树，改营苗圃，这样经济收益更大。因而苏州看梅胜处"香雪海"，已大不如前。连苏州当地游客，也不大去，而是返而往东，经黎里、金泽，到淀山湖畔大观园风景区梅林来看梅了。

大观园梅林，是经营者近十年来栽种的。如种小树，自然十年难以成林，而这里却大多是移植来的老树，不少都是从苏沪附近郊区农村中买来的。谁家改建百年老屋，房前房后常有种了几十年的梅树，要扩大房基盖新楼，老梅就得想办法处理。这样便都集中在大观园风景区来了。

这大片梅林在大观园外马路东，有几千株，另成一园，专以梅胜。园子邻近湖边，树间有曲折幽径。平日人很少，但一到花时，便又有人满之患了。

剧组初在园中拍戏时，是旧历正月中旬，花期尚早。梅花一般要到正月底、二月初才盛开，大概是以节令惊蛰为度吧。当然，春寒、春暖也会影响花期迟早。这里顺便说一句：《红楼梦》中"琉璃世界白雪红梅"的描绘，几乎也同王维的"雪里芭蕉"一样，是艺术家、画家的主观想象，并非生活中的真实。书中说"十月里头场雪"，这在江南梅林中也不会催开花朵。因为在节令上还差着好几个月呢！

剧组在拍完梨香院的戏后，天气渐暖，于是准备拍梅林的戏。一天下午天气稍晚，扶林导演约我和摄像耀宗同志一同去梅林探景。由招待所登车，二十四公里，半个钟头就到了。大观园风景区，一过下午三四时，游人便纷纷离去。偌大的园林胜景、湖水寒花，也几乎是寂寞无主了。我们漫步梅林间，正得幽静之趣。这当然是因工作之便，得黄昏赏梅之乐。特地来游园时，就办不到了。这次梅林晚景，我不细细描绘了。抄一首当时写的《满江红》，以饷读者吧。词云：

　　　　春锁轻寒，频探望，华林几树。思昨夜，一分新绿，二分红吐。未负今年芳径约，不辞日日湖边路。喜朝来，暄暖入枝头，韶光住。　　水清浅，香暗渡；沾客鬓，销魂处。渐游人去矣，夕阳红透。湖上波痕天地渺，笼烟待月黄昏后。有幽禽，飞去又飞来，花间舞。

诗魂梅下定情时

　　梅林中千树老梅，有白梅、红梅、绿萼，蔚然大观；有的含苞，有的已开了四五分。一二日内，正是看花的好时候。游人去后，芳径幽绝，碎石子路洁无纤尘。我和扶林导演、耀宗摄像，徘徊在静寂的梅林中。看看树的高低，看看小径的曲折度，看看树的姿态。要找一株最适宜表现剧情的梅树，为林黛玉、贾宝玉这一对痴男怨女安排一个树下定情的地方。

　　为什么要安排这样一场特定的戏呢？还要简单说一下《红楼梦》中林黛玉、贾宝玉二人爱情发展的过程。因为男女之间要好是一回事，相爱是一回事，定情又是一回事。这里有一个发展升华的过程。"郎骑竹马来，举手弄青梅"，这是爱的萌芽；到了"七月七日长生殿，夜半无人私语时"，才是感情升华到极点，山盟海誓，"在天愿作比翼鸟，在地愿为连理枝"的定情场合。这是"至情"，是属"性灵"范畴的，决不是单纯的"欲"。

《红楼梦》一开始，宝玉、黛玉还只是儿童。到了"神游太虚幻境"，也只不过是由儿童时期进入到少年时期。其后与黛玉长期的感情相触中，一对冤家，虽然说过"弱水三千，只取一瓢饮"的话，但真正男女双方明显表现"情"的地方，似乎还未写出。

在电视连续剧前面的大部分情节中，宝玉的形象还是带有稚气的。"情切切良宵花解语，软绵绵静日玉生香"回中写宝玉、黛玉躺在床上说"林子洞""耗子精"故事，表现的正是少男少女、天真无邪、两小无猜、说说笑笑、闹着玩的场面。虽然躺在一起，却无任何使人看了不舒服的感觉，只觉得活泼，只觉得美。在这种地方，演员表演火候是不错的。

但是他们二人要成长，男女之爱要成熟，而且结局要生离死别，也是"天长地久有时尽，此恨绵绵无绝期"。这就要为他们二人安排一场在极幽僻、而又极富诗意的环境中"定情"的戏。经过编导者的反复思索与匠心安排，这出戏便这样定下来：地点在淀山湖畔上海大观园梅林，时间是夜间……

这场戏有一个镜头，在今年一月十日播映的《红楼梦》电视剧简介中已经放过。那就是在一棵苍劲的老梅下，繁花掩映，春夜清冷，花径清幽，宝玉、黛玉依偎着坐在山石边，执手含情，脉脉无语，演出了这场生死不渝的"定情"场面……但世事那得尽如人意。不久，宝玉出走、黛玉病死；又不久发生更多的变化，大观园、荣宁府、爱情、繁华……统统幻灭了，剩一片白茫茫大地真干净了。

大观园虽然是假古董，而梅花千树，春色清韵，仍然像《红楼梦》时代一样，是真的。花下定情，情的交融，诗的境界，摄入镜头，映在荧屏，"梦境""幻觉"似乎都变成真实的了。

碧波"红楼"翰墨缘

  去秋十月，我和陈从周教授陪全国政协常委、《团结报》社长许宝骙老先生游览大观园，到碧波楼吃中饭。一进里院，当院一座半人高的"古鼎"，铜绿斑斑。一只脚已经残破了，露出来的却是白色的塑料。我不禁失笑，接着又感到怅然了。

  原来这是拍贾母元宵夜宴时留下的道具：用塑料做的"鼎焚百合之香"的大香炉。曾几何时，已被丢在院中无人过问，或许在不久后的大扫除中，就要被当作垃圾给清除掉了。二百多年前的《红楼梦》已经是一梦了，二百多年后拍摄电视连续剧的故事又已成为"梦"境。前景历历，浑如昨日。我忽然想到《陶

庵梦忆》的作者，南明人张岱所说的话：
又是一番"梦境"。记得当时我的心底似乎
有一种欲望在萌动。或许，那就是我写我
的《红楼梦忆》的最初念头吧！

我和碧波楼是有很深的"红楼因缘"
的。记得早在五年前，开红学会时，我和
周雷、胡文彬诸兄，还有张毕来、冯其庸、
端木蕻良、吴晓铃诸公一起来过。一进院
门，先见一排精美的楼房。楼上是招待所

式的房舍，楼下旧时有一大画室，一张有丈数长的花梨大画案。我们不少人，被拉进画室去写字。正在我写时，恰巧遇到有关人员陪同因遇险而耽搁在上海修船的一艘台湾渔船上的船员来参观。那位年青船长见我写字，便托陪同人员表示也希望得到一幅。我写了"红楼梦好，碧海情深"八个字，送给他。五年过去了，今年四月底五月初，电视剧《红楼梦》的首映式在香港举行，代表团应香港亚洲电视台之邀赴港。我曾写了一副大对联庆祝盛会，词云：

红楼圆好梦；碧海共深情。

《红楼梦》是所有炎黄子孙的共同文化瑰宝，甚至可说是全世界的艺苑之珍。通过将它改编为电视剧，定将赢得更多的观众。如果以清代自乾隆辛亥（一七九一年）程伟元印刷活字本以来各种印本为第一次普及，以近数十年将《红楼梦》改编成戏剧、电影等等努力为第二次大普及，那么，这次电视剧的改编与拍制，便是第三次普及了。其意义则有关于中华民族传统文化的普及，它已经超出了《红楼梦》本身的范畴。追想起来，真是"碧海虽遥，既能共红楼之深情；岁月非遥，亦可圆红楼之好梦"了。

扶林导演香港归来，写信给我道："您的字幅已在香港世界贸易中心展览大厅《红楼梦》服装展览会上展出。精美的书法，博得不少青睐，可以告慰。"

信中所说，当然是客气话，我虽然写两个毛笔字，但不敢高攀书法家；挂在展览会上，参观展览会的人多，看了几眼我的字，也不一定就是"青睐"。我所眷眷的是这"圆好梦"和"共深情"。如果参观者和看电视者有此同感，我就感到莫大的安慰了。

扬州拍摄日程单

剧组在扬州住第二招待所。我们到达时，已是晚饭后。下车后大家先去吃了晚饭，再到各自的房间。我住的房间在三楼，条件虽然一般，但十分宽大干净，明亮的窗外，是高高的树木，绿意可以拍入窗来。空气好，居室又爽净，便于我的副业——写字。因为每到一个地方，总要为剧组或友人们写些字幅，以留纪念，按照文人的说法，叫结个"翰墨缘"吧。所以总希望有个宽敞的房间，好摆"摊子"。不仅如此。古人云："腰缠十万贯，骑鹤下扬州。"我虽然腰无"半贯"，却也居然可以在扬州做半月的"神仙"了。

剧组每到一地，都有打印的工作日程表发给大家，以便按安排好的日程进行工作。前不久，翻阅旧稿，恰巧见到一份"扬州拍摄日程"单，感到十分有趣，现抄在后面，以为纪念：

扬州拍摄日程

三月二十八日—三月三十一日	薛蟠家	一组
四月一日上午	贾政书房（雨村递书）	二组
四月二日—四月三日	贾政书房	二组
四月四日	柳叶渚柳堤	一组
四月五日	元妃登舟	二组
四月六日—四月七日	紫鹃试宝玉	
	黛玉幻觉	
	黛玉闻恶讯	一组
四月八日	刘姥姥遇惜春	
	贾瑞戏凤姐	
	刘姥姥赎巧姐	二组
四月九日—四月十日	宝玉遇湘云	
	宝玉遇雨村	二组
四月十一日	三姐之死	
	贾政回归	二组

我抄一个日程单在文章中，是"实录"的意思，以证回忆的真实性。不过这个日程单，还不能完全反映当时在扬州的情况。因为实际拍摄日程和项目，比这个单子要多；而且多了不少重要的戏。如"探春理家""赵姨娘闹事""宝钗蘅芜院""妙玉走火入邪魔"等，都是在扬州拍摄的。

扬州拍摄的几个具体地点是瘦西湖吹台湖岸、小白塔桥头、瘦西湖小金山、徐园、何园、剪纸艺术馆等处。

我到扬州那天，剧组已开机。第二天一早，到瘦西湖新建"剪纸艺术馆"拍探春理家的戏。艺术馆是一所由华侨捐资新建的房舍，在五亭桥右侧，共连接三个小院。最前一排厅临水，可望湖光塔影；中间一个小院，拍过宝钗的"蘅芜院"，不过美工同志制匾额时，把个"院"字写"苑"字了；后面小院，倒坐三间，作为"议事厅"，拍了"探春理家"和"赵姨娘噪闹"一场戏。

薛蟠家闹剧悲剧

薛蟠家在扬州小金山后小院中，这是看电视的观众想象不到的。就在这个小院中，演出了呆霸王家一出又一出的闹剧。

在大观园群芳渐次凋零之际，"呆霸王"娶了富商"桂花夏家"的女儿夏金桂。这个类似王熙凤，又别有手段（甚至比凤辣子还多两手）的"美人儿"，在曹雪芹笔下，虽篇幅不多，却写得极为火爆。曹雪芹惊人的艺术才华，在此先不多表，只说电视剧吧。

夏金桂来薛家，薛家就鸡犬不宁了。她要压迫善良的香菱，她又嫉妒高贵的宝钗，她要而且也能控制住呆霸王，她不在乎婆婆薛姨妈。旧式封建礼教的作用，在这种人身上常常是不起作用，而反为之利用的。夏金桂在薛家所向披靡，节节"胜利"，只是遇到薛蝌她才失败了。本世纪初有一出名戏《宝蟾送酒》，演的就是这段情节。

作为夏金桂牺牲品的香菱，首当其冲，"自从两地生孤木，致使香魂返故乡"。曹雪芹写香菱，从暗示结局到最后都写全了，是"十二金钗"中完整的文字。

电视里，陈宏海饰的薛蟠、陈剑月饰的香菱、杨晓玲饰的夏金桂，还有配宝蟾的一位年青演员，演出都很成功。

夏金桂给香菱改名字时二人的一段对话，只是香菱悲惨结局的开始。接着就是夏金桂对香菱进一步的暗算，让宝蟾勾引薛蝌，故意让香菱（已改名秋菱）取绢子撞破，然后薛蟠拿门闩打香菱，使香菱受折磨。拍电视用的这根很粗的大门闩，是塑料做的。薛蟠——陈宏海在小院中乱叫乱喊，追赶香菱——陈剑月，抢起大门闩，狠狠地向她打去。哭成泪人儿、吓得像头被猎人追赶的小鹿般的香菱——陈剑月，一下子被打倒在地了。

薛姨妈闻声出来护香菱，夏金桂——杨晓玲却在后门口与婆婆舌枪唇剑，大拌其嘴。杨晓玲演撒泼很传神，说骂就骂，说哭就哭，坐在地上号叫……样样都来。但是毕竟又有其天真处，导演要她在撒泼时，摔一个很好看的花瓶。而且只有一个，必须一次演成功。她捧着花瓶，笑着爱玩了好一会儿，舍不得——但是不行，非摔不可。镜头对好，喊一声"开始"，她马上来戏，一跺脚，哗啦一声，一个美丽的花瓶，就粉碎了。戏拍完要拆景时，她真舍不得，用地道的哈尔滨语音叫道："这可是俺们家呀！"

香菱——陈剑月，最可怜的还不是被薛蟠拿大门闩一抡打了个大跟头，而更可怜的是服侍薛蟠洗脚时，被呆霸王任意折磨。又嫌水冷，又嫌水热，又骂又打，把洗脚水泼得她满身满头——热情的观众，能不为她气愤填膺吗？在那"木樨书屋"改装成的香菱的卧室中，善良、美丽、聪明的香菱姑娘，身世坎坷的香菱姑娘，年青的生命悲惨地结束了……

凫庄、桥影、梦痕

　　在五亭桥边，小白塔下，有一组游廊、水榭连接起来的建筑，好像是浮在水面上的一样，名"凫庄"。凫庄倚栏，可以远望"吹台"，近看"五亭桥"。五亭桥又名"莲花桥"，桥上五亭，一大四小，桥下十五个桥洞，三大十二小，是瘦西湖的精华。有了这样的桥，凫庄便成为一个极得中国园林水趣的所在。

　　凫庄是一家茶社，也卖酒菜点心。扬州最有名的一种点心是"干丝"，就是把厚的豆腐干切成丝，用好汤文火煮了，在上面加些浇头，如肉丝、鸡丝、虾米等，便是"鸡丝干丝""开洋干丝"等名点。干丝不十分咸，可以当点心单吃，也可以当菜吃。在五亭桥一带拍戏时，休息一会，我常常在附近散步，隔着窗户，望见不少女师傅忙着不停地切干丝，想来生意是很好的了。

剧组用凫庄拍了"藏春院"的戏。这是八十回后的情节，贾家衰败之后，巧姐不幸坠落风尘，被卖在维扬"藏春院"做妓女。刘姥姥古道热肠，千里迢迢来到"瓜洲古渡"，进入维扬城来救巧姐，找到这个瘦西湖边上的"藏春院"——凫庄。刘姥姥交银子赎人的场面，是在上海大观园拍的。而"藏春院"的内景，寻找巧姐的戏，却在凫庄拍了。这里拍很有层次：在曲折游廊上，站了几个穿红挂绿的姑娘，镜头拍出去，情景历历，把《红楼梦》时代及其前后，如余澹心所写《板桥杂记》、李斗所写《扬州画舫录》中所描绘的妓院的气氛表现出来了。

在这里的山石旁，还拍了个特殊的镜头，也可以说是补前面的吧。在宁国府中赶宴，凤姐看望完秦可卿的病，急急忙忙到席上去。刚转过山石畔，一个人突然出来道："请嫂子安！"原来是贾瑞——这个重要的一刹那，正是在凫庄的山石畔拍的。

关于八十回后的情节，在五亭桥下还拍了不少，而且都是十分重要的。

五亭桥下来，转过小白塔——注意，这里"白塔晴云"，是扬州二十景之一，这在镜头中也未出现过，不必多说它。——又有一座桥，也很宽敞高大，适宜于拍戏。狱神庙之后，贾宝玉从狱中放出来，形容憔悴，落魄途中。上桥时，正遇到大官鸣锣喝道过桥。他冲撞了官轿，被衙役用皮鞭一鞭子抽倒，从桥上直滚下来……而官轿，却是北静王的大轿。在桥上，他又遇到奇事，昔日的贾雨村，已经枷锁锒铛；而昔日那个"门子"，却是猩袍官帽，一品大员了。宦海浮沉，沧桑巨变，世态炎凉，封建社会的种种残酷无情，在此桥边，宝玉一一经历了，认识了……

入夜了，玻璃绣球灯——宝玉仅存的唯一有繁华梦痕的灯火，被一个画船上姑娘望见了，突然大喊

"宝哥哥"。原来妓船上沦落风尘的史湘云，正在人生的苦海中作最后的呼叫，宝玉闻声，拍入水中，拍向船头，二人抱头痛哭了……

柳堤 "悲喜剧"

老友从周教授《园林谈丛》的《瘦西湖漫谈》文中道："扬州旧称绿扬城郭，瘦西湖上又有绿扬村，不用说瘦西湖的绿化是应以杨柳为主了……在瘦西湖的春日，我最爱'长堤春柳'一带……"

他的文章，我拍戏时，有充分的感受。

由虹桥过来，进入瘦西湖大门，沿着一条柳堤前行。右面是湖水，但无西子湖之浩渺，只是五六丈宽吧。隔水又是一带洲渚，上面长着一排高大的树，有林莽之势。左面则是斜土坡，杂花丛树，联绵不断。一路行来，中间有个亭子，临水而建，可以远望虹桥水中倒影，也可以望远处湖水烟波。

杨柳与春花是相结合的。杨柳无桃李而不"媚"，桃李无杨柳而不"韵"。这段柳堤，兼而有之，既韵且媚，又多春草，而且花柳杂植，更添不少野趣。不像杭州西湖边"一株杨柳一株桃"和整齐的水泥砖路面那样太讲究，太感到人工化。

剧组拍戏期间，正是春花次第开放的时候。玉兰、迎春、桃花、海棠……再加上杨柳依依，回黄转绿。翠堤一脉，真是春光锦绣，气象万千。"柳叶渚边嗔莺叱燕"，这反映大观园天真丫头的一场戏，在北京、上海大观园中，均未找到理想的拍摄场景，在此找到了。这环境正如书中五十九回所写："二人你言我语，一面行走，一面说笑，不觉到了柳叶渚。顺着柳堤走来，因见叶才点碧，丝若垂金……径顺着柳堤走来。莺儿便又采些柳条，索性坐在山石上编起来……"

镜头在瘦西湖岸，对准这些小演员，莺儿、蕊官、春燕……气氛出来了。戏也出来了。婆子的柱杖、春燕娘的耳刮子，似焚琴煮鹤一般，打破了美丽的画面。这是大观园鼎盛时期的闹剧。

如果说"嗔莺叱燕"是闹剧、喜剧，那在同样的春柳堤畔，桃花树下，又拍了悲剧、惨剧。那就是尤三姐自刎的场面。

要拍好尤三姐这场戏，让她在一个什么特定的美丽环境下自刎才好？几经研究，大家以为最好是花下。什么"花"呢？最先研究是玉兰。后来才决定桃花。"桃花薄命"，有一定象征意义，一也；当时桃花盛开，气氛正好，二也；所以就在这柳堤的左侧桃花林中，拍了尤三姐自刎的场面。现在放映出来，效果是非常好的。

在瘦西湖拍戏，几乎天天要走这条柳堤。有一奇怪景观，很值得一说。有一天大早散步时，我无意向右一望，只见隔水高大的树林上，立着一排奇怪的"庞然大物"。别人说是猫头鹰，我仔细一看，果然是。我忽然想起林风眠、黄永玉的画来——原来真是这样！

"瓜洲古渡"

　　电视剧《红楼梦》在八十回后，未按高鹗续书改编，因而在故事情节上有了较大的改动。这是一个大胆的尝试，自然未必十分成功；引起争议，也是必然的。在此我不作评论。因为我的"梦忆"，大多只限于具体拍摄情况，或道及得失，也是个人一己之见，不能当作评论。

　　情节上有所改动，那人物上便也有所改动了。其中刘姥姥的戏，在结尾几集中加强了。出现了刘姥姥羁候所探凤姐、刘姥姥去瓜洲寻访巧姐的戏。刘姥姥到妓院赎巧姐的戏，在上海大观园和瘦西湖凫庄都已经拍过了。为了表现刘姥姥长途风波的旅况，还要拍

一些野外行旅、落日古渡的场景。

"京口瓜洲一水间。"在扬州拍戏，拍瓜洲渡口太方便了。扬州南面不远就是三汊河，再过去就是瓜洲渡口，大运河进入长江的必经之路。导演约我和风雷同志特地到真的瓜洲渡看了一回景，但是很难使用。为此便过江去找。在焦山脚下，找到一片水滩，空旷而浩渺。因为焦山在长江中，等于一个岛。这片水滩在里侧，没有船只过往，远处有一片浮沙，上面长了些芦苇，很有些野渡的意思——当然古代真的瓜洲渡，那是十分繁忙的渡口——便把景选在这里。

这里正在焦山脚下。焦山是石头山。除去一小片滩外，还有一些露出水面的礁石，两处景都好派用处。那片小滩边，略事布置，竖了一块用泡沫塑料做的"石碣"，上刻"瓜洲古渡"。刘姥姥由船上下来之后，上得岸来，要在这个石碣前端相一下，这就表示到了"瓜洲"了。像不像，三分样。电视艺术虽说要尽量反映生活真实、历史真实，但毕竟是有着很大差距的。有这样景物出现在荧屏上，也就古意盎然了。

"刘姥姥到瓜洲"主要是船上的戏。那天租了两艘木船，一艘改装作古代的蓬船——按说刘姥姥当年的经济能力，到瓜洲来，官船是坐不起的，最普通是搭回南的运粮船。小蓬船一般不走长路，为表演便利，也只能如此——刘姥姥带板儿坐在船头。艄公摇船，自然也要他装成古人。另一艘船是工作船，摄像机在工作船上。导演看监视器，自然也在工作船上。工作船尾，对着刘姥姥座船的船头，拍摄下古代烟波风浪、坐蓬船行旅的苦况。

因为在水面上拍摄，工作船要指挥表演船，靠对讲器联系。距离稍远，传话困难，拍摄起来很费时间。镜头不多，却足足拍了多半天才完成。

在此除拍了刘姥姥去瓜洲的镜头外，还拍了一些零星镜头。如宝玉落难在礁石上行走的镜头，也是在此拍摄的。此外，在焦山寺庙院一个弄堂中，还拍了贾芸遇倪二的镜头……

湘云醉卧"芍药圃"

　　"湘云醉卧"是一场大戏，早就要拍。可是一直没有选到适当的外景，因为这场戏，不只要求要高些，而且更重要的是要有芍药花、芍药圃。原书描绘道：

　　　　果见湘云卧于山石僻处一个石磴子上，业经香梦沉酣，四面芍药花飞了一身，满头脸衣襟上皆是红香散乱，手中的扇子在地下，也半被落花埋了，一群蜜蜂、蝴蝶闹嚷嚷的围着，又用鲛帕包了一包芍药花瓣枕着……

　　曹公的笔力，其绚丽处，真是光彩摄人。这段文字都能使读《红楼梦》者神魂颠倒。但仔细一研究，却感到这是浪漫手法的描绘，在事实上几乎是不可能的，也正像"白雪红梅"的描写一样，在文字上十分美丽，而在生活中却很难遇到、办到。

第一芍药是低丛草本花，史湘云卧在石凳子上，高度几乎超过芍药丛尺许，花如何落得她满脸、满身？第二芍药不像桃花那样，一树繁花，微风一过，乱落如红雨。一丛芍药，开上几十朵，大朵大瓣，即使开谢，花瓣落地，也很难被风卷起，落满湘云姑娘一身，除非人为地把花瓣洒在她身上……

早就选择好，要在杭州西山公园芍药圃拍摄，等扬州拍摄完成之后，来到杭州，等待花期。当时正是谷雨过后，牡丹方开。但是花期因春寒、春暖的关系，实际上却也有早有晚。剧组在杭等待花期之际，却芳讯迟迟。几次到西山公园探望，却是花蕾多而大放的少。而且这还是牡丹，至于芍药，还在牡丹之后。剧组虽一再加码，拍了不少其他的戏，但日程也不能拖得太久，怎么办呢？找美工设计师风雷同志商量，细

算花期，最少要等两周才能大放，不能再等。只好用假花和真花相结合的办法，真真假假、假假真真，来完成"湘云醉卧"的拍摄任务。

先到塑料花厂买来假芍药花比较，肉眼看了，自然容易识别是假，但插在真花丛中，在摄像机面前，便真假难辨了。就这样，突击了一天，上千朵"鲜花"，插在真花丛中，把"湘云醉卧"的芍药圃布置成功了。

拍摄的那天，天气很好。时值旅游旺季，西子湖畔、花港观鱼、西山公园一带，游人真是举袂如云，挥汗如雨。拍摄现场，被游客团团围住。自然四周都拉了绳子，杭州公安局的同志不少人都到现场协助维持秩序——因为大观园的姑娘们都花枝招展地来了，都来看湘云姑娘醉眠呀！

这场戏，一般说，是拍成功了。但是细看，不免有小小漏洞：假花有大红的，真芍药哪有大红花呀！湘云姑娘近处像花海一样，而镜头扫到远处，花就稀少了，多奇怪！再有大家围着看的镜头也不够好，稍感遗憾了。

决定性战役

　　电视剧《红楼梦》上万个镜头，都是打乱了综合拍的。由一九八四年十月在黄山脚下太平湖拍黛玉北上第一个正式镜头开始，直到一九八六年七月底，足足拍了二十二个月。镜头的确拍了不少，一盒盒录好像的一寸"索尼"带子——全是原始资料，都送回北京保存起来了。但是，北上的林姑娘，在路上已经过了两年了，还没有进"荣国府"呢！比当年真的"林姑娘北上"不知要慢多少呢！为什么？一句话，就是"荣国府"还没有盖起来。你让她如何进府？

　　因此，截至一九八六年七月底，凡与荣、宁二府直接关连的戏，可以说，都还没有拍。这时，要想剪出完整的一辑来，都还不可能。著名剪辑师——被誉为全国第一把剪刀的傅正义同志已经开始工作了。实际这时还只是作初步的接辑，即是说，把凡是已拍好的资料，能连接成为片段的先连接起来。八月初剪辑了一部几十个镜头的《简介》，我在京参加了这一工作。但这个《简介》中，没有一个荣国府、宁国府的镜头。只是一些人物的片段，不能进一步延展，自然还不能成为《红楼梦》。

没有大观园，不能成为《红楼梦》。

没有荣、宁二府，没有门前的石狮子，同样也没有《红楼梦》——作为形象艺术的电视，更要求要有大量的生活化的实景。

近两年来，在各地拍摄的大量镜头，都必须和荣、宁二府的镜头联系起来，才能成为戏。因此在各地每拍完一组镜头，必然也要剩下不少镜头，等着在荣、宁二府或宁荣街上来拍。因此，拍摄荣、宁二府的大批镜头，等于电视剧《红楼梦》的"淮海战役"，是决定性的大战役。

在《红楼梦》中，宁国府是大房，荣国府是二房，因此应该叫"宁、荣二府"。但是故事主要发生在荣国府，因此习惯上往往叫颠倒了。而在实景的建造中，只盖了一所"府邸"，挂上"敕造荣国府"的匾，就是"荣府"；挂上"敕造宁国府"的匾，就是"宁府"。

至于门前的一条街呢？那就叫"宁荣街"了。

剧组一直在等着河北正定建造的"荣国府""宁荣街"的完工。正定，这个著名的古城，也是饱经战争创伤的古城。直到今天，在南面残破的城墙、黄泥土路，还像刚刚打完仗一样，使人一见就想起"地道战""地雷战"的年代——她，距离河北省省会石家庄，只有十八公里。

在正定古郡著名的大佛寺后面，新建的荣国府、宁荣街，直到一九八六年五、六月间，才全部完工。红剧组"先遣部队"——风雷同志带领的美工人员，七月初就来到现场。剧组大队人马，分批于七月底来到正定，开始了两个月的电视剧《红楼梦》决定性大战役。

正定"荣国府"

　　离开正定荣国府、宁荣街，虽然还不到一年，但是这两处摄入电视剧《红楼梦》荧屏的仿古建筑，已经天下闻名了。据说春节时，"红楼"电视试播六集之后，这里的游客剧增。几百里外从来不出门的农村老大娘，也成群结队坐了长途汽车来逛"荣国府"了。传闻春节假日几天，门票卖了七万元，这真是一个了不起的数字。想不到为拍电视剧《红楼梦》盖起一座荣国府、一条宁荣街，地方上真正收到经济效益了。

　　正定荣国府是由著名红学家兼建筑师杨乃济先生设计建造的。杨公早岁毕业于清华大学建筑系，专攻古建筑，是已故著名建筑权威梁思成教授的高足。在经历了二十多年坎坷道路、饱经人世沧桑之后，欣逢盛世，仍是壮年。以饱满的精力，为"红楼梦"建造荣国府、宁荣街，这在他过去是沉于"红海"的非非之想，今天却变为现实了。

荣国府在建筑规格上，是大门三间，左右石狮子一对，比起北京旧时的大王府，如郑王府（现教育部）、醇王府（现卫生部）等略小些；比起过去北京的公府、贝子府等却毫不逊色。主要分中院、西院、东院三组建筑。

进了三间大府门，笔直一条中轴线，前厅、过厅，直对贾政正屋——荣禧堂；转过去后院，一大排后照房，两旁一律东西厢房，由钻山游廊连接。按格局上讲，是北京旧时府邸大宅门的规模。但是从大小多少上来说，剧组的目的是只要能拍摄《红楼梦》就可以了。所以院子的层数并不比真的府邸（王府或一般公府、贝子府）多些。

东院只是一所一般的一宅分为两院的大四合，北屋带廊子，东西厢房不带廊子，没有垂花门而有月亮门，将南房隔成外院。正院西面是一条长更道（预备打更上夜的人走的路线）。隔开更道，是贾母上房的大院落。这是由正房、四面厅、前厅、垂花门、外院临街南房组成的几进大院落。也都有东西厢房，四周钻出游廊衔接。因为四面厅四面有廊连接，所以更显得玲珑有致。拍完戏之后，我曾在此院落留影纪念。贾母院后面，一所院落，是琏二奶奶的住处。从王夫人正房后面出来，走后院到贾母这面来，必然要经贾琏住的院落的门口，这正是按《红楼梦》所写设计的。我把这些院落方位大体说清楚，以后读者如去参观时也容易明白了。

当然"荣国府"的建筑，在大体规模上很像样子，而比起北京旧时真的府邸建筑，那就太粗糙了。没有一块"磨砖活"，镜头一推近，就显着粗糙不堪，大石灰缝子很难看，这限于经济和时间，是没有法子的。也是遗憾啊！

宁荣街

　　宁荣街是在正定修建"荣国府"的同时，特地配合荣国府工程修建的一条古老的街道。一九八六年八月去正定看工程时，这条街还没有破土。隔了一年，到一九八六年六月底，已经全部完成土建。到八月中我赶到正定时，不但土建早已完成，而且铺面装修、过街牌楼、府门前八字大影壁都全部建好，俨然是二百多年前北京某府邸外——类似于旧时北京旧鼓楼大街或锦什坊街那样的一条街道了。

　　这条街应该是个什么样儿呢？在《红楼梦》原书中，写到黛玉进京，坐在轿子中，由轿窗向外观看，只见京师街道上的热闹情况。后来轿子向前走，黛玉又从轿窗中看到外面一座府邸，心里知道这是舅父家大房——宁国府。又走了一段，才到了荣国府。我在前一篇文章中已说过，原书中写的宁国府、荣国府是两座府邸，而在电视连续剧中虽是"两座"，实际上则只盖了一座。这也是真真假假吧。

这条街是东西向的，荣国府在街的东头路北。出府门往西走，先是荣国府群房外墙；约五六十米，一座高大的彩画过街牌楼，上嵌一匾，刻"宁荣街"三字；过去就是"繁华"的宁荣街了。两旁都是画栋雕梁的铺房，有的两层，飞檐朱栏；有的一层三开间、五开间，冲天大招牌；有的有围墙，有的没有围墙，都错落有致，一派京朝气氛，升平景象。有酒楼、绸缎庄、颜料铺、烟店、染坊、当铺、银楼、钱铺、药铺、香料铺、干果子铺、鲜果局……各种幌子：如"南北海鲜，飞觞醉月"的酒楼幌子；"锦章庆云，杭纺贡缎"的绸缎庄幌子；"云贵川广，地道药材"的药铺幌子；"诚心大蜡，如意高香"的香蜡铺幌子……应有尽有。你走在街上，仿佛把你拉回一二百年前的北京大栅栏一样。形象地说，这条街是《康熙南巡图》《乾隆南巡图》中北京街市部分具体化了。

这街长九十多米，不算太长，但比较有深度。出现在镜头中，显着很长，很丰富。在这中间还有一些曲折。第一，这街向西迎面走不出去，顶头是一座前面有柜台，后面有高楼的铺子，挡住去路，也挡视线。西面的街口是向南、北两面拐过去，这样就形成一个过去北京常见的"丁字街"，在镜头上给人以想象。向南、北拐弯出去，似乎还很远很远。

在街的中间，一座两层飞檐的华丽酒楼转角处，向北一拐，是一条巷子，这就是著名的"花枝巷"。贾琏偷娶尤二姐的"外宅"，就在这条巷子中。路西一个乌油小砖门，从门外一看，里面肯定是一座精美的小院，应该还是两进院子。凤姐身穿蓝缎子素妆，"突然袭击"来找尤二姐，就是在这个小门口下的车，可是不能走进——这个谜不能拆穿，走进去什么也没有，因为尤二姐的房子却远在上海青浦淀山湖畔大观园中——电视上真真假假，这是镜头接起来的呀！

由"醉琼楼"酒楼转过去的"花枝巷"设计很好，乌油小砖门也很有意境。只是在小门把院中的房露了一间在门外——电视荧幕上可以明显看出——则完全不合规格，照北京说法是"不成格局"。记得当时我本想提出，但考虑到其时一段围墙、街门都已盖好，拆改太麻烦，也就算了。

黛玉进府，宝钗、薛蟠进府，元妃省亲，秦可卿出殡等等重要戏中，都展现过"宁荣街"的镜头。那高大的牌楼，不要说在荧屏上看上去是真的；有的人手扶着柱子，我问他是真是假，他还说是真的——实际是美工同志用杉槁、三合板、泡沫塑料搭建的——读者可以想见其逼真的程度了。

我选了一张和陈晓旭同志在牌楼前面拍的照片作为插画，附在书中，读者可以从照片中看到牌楼建筑之华赡，想象"宁荣街"之富丽。

有关荣国府和宁荣街的大体情况就是这些；若要更详细地了解，当然最好是身临其境了。

"更道"琐话

"荣国府"也好，"宁荣街"也好，在建筑上，有优点，有成功之处；自然也有缺点，不管是什么原因造成的缺点。

先举一个镜头做例子：凤姐过生日，喝多了酒，心扑扑乱跳，请尤氏在席上照顾，自己带平儿想回房歇一会儿。可是一出角门，还没有转"更道"，就看房中小丫头张望，经在门前审问小丫头，得知贾琏同鲍二家在房中搞鬼。凤姐气得斜坐在角门台阶上，手扶着角门"马头墙"发抖……拍摄时，为了表现凤姐内心的激动，对手部抓墙，给了一个大特写：雪白的手，鲜红的指甲，扶在墙上，似乎要抓进砖缝中去……十分遗憾，衬在手下的，不是磨砖对缝的府邸建筑的细墙，却是十分粗糙的青砖，和宽而曲的粗石灰缝——美的形象被破坏了。

"更道"是北京旧式府邸大宅门建筑的一种长通道。北京旧式合乎格局的宅邸，都是许多大的四合院组成。院子一进、一进，可以连接三个、四个，或者更多的院子，成为垂直一串，有一根轴线。但这只是纵向连接，应该还要横向关系的建筑。一般都是正院、东院、西院。如正院四进、五进，那其他各院也是四进、五进，但建筑规模及使用，各不相同。大约正院前院是客厅、大厅等，正院后院是府邸主要人物的内宅。西部院落，一般前进可能是邸宅主人的书房等，后几进或是老母颐养之所，或是其他长辈所居，也可能是姬妾所居。东院后面可能是另房、或子、侄所居。而前面则是账房、马号，临街房屋佣人所住，另有门出入。一般三个门通向外面，正门、侧门（有的还有角门）、后门。正院不论几进，其东西房屋后面，与东、西院之间，各留一条"走道"，谓之"更道"。不管几进院子，这条更道直通到底，笔直深长，两面都是正院东西屋，和东西院东西屋的后墙，十分高耸，因而这条更道像峡谷一样，把连接各个院落的角门关死，那就变成无路出入的"死胡同"了。

这种"更道"的规模，如在皇宫中，那就更宽、更长、更深，两边还要加上高高的宫墙，一眼望不到头，就是人们说到宫廷建筑所谓的"长门永巷"。一般府邸宅门中，虽跟一般百姓家完全两样，但比起宫廷，那就要差远了。

"更道"，从名称上讲，是更夫打更巡查、上夜的路线。夜深人静，管家婆子带着人拿着钥匙，顺"更道"依次巡查一遍，该关的关上，该锁的锁上，夜间再由更夫打着灯笼、敲着梆子，顺更道巡逻。再有"更道"又称"火道"，带有防火的作用。这边院子着火了，顺"更道"来救火，而且隔着"更道"，火也不会烧到另外的院落中去。

这"更道"的作用在于此，却想不到王熙凤利用这个地方，又毒设相思局，狠狠地"整"了贾瑞一下子……贾瑞不禁"整"，一命呜呼了。

真的府邸，都是磨砖对缝的墙，分"干摆浮搁、糯米灌浆""磨砖对缝""磨砖勾缝""磨砖打掯缝"等等。细说起来，太复杂，在此就不多说去了。凤姐的手，如果扶在磨砖对缝的墙上，那在镜头中，就好看多了。可惜"荣国府"工程太粗糙，只能远看。镜头一推进，便粗劣不堪。当然，这也是时间、经费所限，是没有办法的啊！

"元妃省亲"进府

　　"元妃省亲"是电视连续剧《红楼梦》播映后受到一致赞赏的一集戏，我也十分爱看这一集。唐诗中有不少"宫怨"的诗，这种感情、气氛、意境，在这一集中都表现出来了。

　　"元妃省亲"一大集戏，是分五个地方拍摄的：西山摄影棚"贾母上房"一堂景中拍的见贾母和王夫人；在上海大观园"体仁沐德"拍的"更衣"；在扬州瘦西湖拍的"登舟幸园"；在北京白云观拍的大观楼开宴。以上这些重要的场面都拍好了，但是还不能剪辑成"元妃省亲"，因为还缺少重要的东西呢，那就是"进府"。"进府"一直拖着未拍，为什么，主要是等正定

"荣国府""宁荣街"的工程。没有"荣国府",又如何拍得成功"元妃省亲"呢?

说到这里,不免要扯远来,说到整个电视连续剧《红楼梦》的拍摄速度,那就是"前松后紧",而且是后面十分紧。就是所有"荣国府""宁荣街"的镜头,都是在一九八六年八月和九月两个月拍完的,包括"元妃省亲"的"进府"。

为了拍好这场戏,准备工作,在七月份就开始了。一是外地的准备,如在苏州、镇江两个戏装场赶制服装。《红楼梦》原书写贾蓉、贾蔷到苏、杭为准备元妃省亲采买"女孩儿"动用甄家存的五万两银子,先提了三万两云云。而赶制服装的费用,若按数字说,多得多。二是现场准备,包括宁荣街装修、迎接元妃"銮驾"时的张灯结彩……都费了很大力气才准备好。准备什么呢?那项目很多。举几个例子吧:

比如说牌楼,就搭了两座。一座是"真"牌楼,在"宁荣街"一文中,已经说过。而在这一牌楼的对面，也就是荣国府的东面，又搭了一座"六柱五门"的彩牌楼。彩布起脊，彩绸绣球飘扬。两座牌楼，一"真"一彩，都是美工同志搭建的假的，分别起着不同的效果，却都花了大量的人工物力。

而这"彩牌楼"，正代表了清代皇家重要喜庆的妆点物。搭彩牌楼，即所谓"张灯结彩"。几百年中，北京有手艺最高超的结彩、搭棚师傅。这一行道谓之"彩棚铺"。除去搭了高大的"六柱五门"的过街大彩牌楼外，在荣国府正门上也搭了彩牌楼，把平日的大门也挡住了。

"銮驾"经过的街道上，要张围幕、要悬灯，都布置得井井有序。只是参照《康熙南巡图》等比较，在围幕（主要是经过各处路口，不让人看见）张挂上，稍长了一些，出现在镜头上不够好看。另外元妃銮驾经过的当天，五城兵马司派兵驱赶闲杂人等，黄土填道、净水泼街……这些在镜头上都一一表现出来了。

贾母、王夫人……按品大妆，依次在门前排班，等待接驾，这场戏也是够辛苦的……既要等着拍"銮驾"的仪仗队、大太监、小太监、宫女、女官、凤辇……一队队过去，还要等着拍各人的面部表情，各种特写。当时天气还很热，穿的很多，站在那里，几个钟头，才全部完成。好在拍这场戏是晚上，不是在太阳中晒着，比较好些。

按照《红楼梦》原书所写，一队队太监，过了许多队。因在仪仗队中，太监的队伍很长，这都是临时演员，经过临时训练，能够走整齐的队伍。只是拍掌没有合乎规范——原来书中所写的"拍掌"是太监传暗号，只有"三下"就够了——现在较多，且配音较响，观众就误以为是现代的鼓掌了。

"大场面"拍成了

　　一九八六年九月二十日前后，北京广播电影电视部不少客人来到正定电视剧《红楼梦》剧组驻地，前薛文清副部长，中央电视台王枫台长，电视剧制作中心阮若琳主任，总监制戴临风同志，《红楼梦》剧顾问、荣国府设计者杨乃济建筑师……真可以说是嘉宾云集。《红楼梦》剧组自拍外景以来，从没有这么热闹过。这是做什么呢——来参加最后几个大场面的拍摄。

　　《红楼梦》剧实足拍了两年多了，但几个重要的大场面，都在等着荣国府、宁荣街的工程。没有"荣国府"的大门和石狮子，好多镜头都不能拍摄。"秦可卿大出殡"，只是其中之一。

"秦可卿大出殡"这场戏，从七、八月开始，已经足足忙了两个多月了。执事、纸扎、影亭、鼓乐、棺杠、棺罩、车轿……按大类分，就已经有不少了。如果再把每类的具体细目一一写出，那将是许多篇内容十分复杂的明细表。就说全套纸扎吧：什么"方相""方辟""开路鬼""打路判""四大金刚""十二美女""金童""玉女""金山""银山"……数也数不清那些怪名堂，都要一样样地用纸糊出来，才能表现规模和气氛。特地请来的北京电影制片厂的名美工师马强同志不辞辛苦，亲自指导具体工作同志制作，保证了拍摄的成功。

　　这次大场面，准备工作，不只是美工同志，服装也做了大量的工作。上千名临时演员，打执事的、抬杠的、和尚、尼姑、道士、捧香的、赶车的……全部要服装。不仅如此，还有大量扮演群众看热闹的呢！也都要服装。主要演员的、次要演员的、群众的，上千套服装、帽子，不但都要作好充分准备，而且在现场也都要换，脱了穿，穿了换……把几个跟现场的服装同志，忙了个不亦乐乎。

不少群众演员，都是部队同志来帮忙的。但也预先分好队伍，演习了好几次。这种大场面，几位主要女演员，倒都没有戏，如林姑娘——陈晓旭，妙玉姑娘——姬培杰。她们却未闲着，临时调动，做了现场分队带队"官"，戴顶草帽，顶着大太阳，带着她们的队伍一遍又一遍地在电喇叭的号令下，操练着。

拍摄按原定日期，推迟了一天。因为原定那天正好是中秋节，团圆节——如何能拍"大出殡"这种场面呢？所以，大伙儿一计议：顺延一天吧。

为了拍群众场面的鸟瞰镜头，在荣国府大影壁后面，搭了一个十五六米高的大架子。不少鸟瞰镜头，如抄家时的"荣国府"全景，大出殡时"宁国府"全景，都是在这个大架子上拍摄的。

整个"大出殡"规模庞大，但只用了不到一天就全部拍好了。操练时全队走动不算，单拍摄时，全队就走动了三次。两部机器同时拍摄，大场面终于顺利地拿下来了。

　　这次大场面拍完，大家在"荣国府"门前拍了张照，电视剧《红楼梦》外景拍摄，也胜利完工了。

黛玉进府

　　"黛玉进府"，如果从真实的历史背景看，在《红楼梦》时代黛玉由扬州乘船去北京，沿大运河航行。正常情况，一般走一个来月。如搭运粮船，就要慢得多，据明末清初谈迁《北游录》记载，要走八九十天。黛玉是坐府中的官船，那就完全两样。不过不管怎么说，当年这段水路，是全国最繁忙的水路，再慢也慢不过电视连续剧《红楼梦》"黛玉进府"了。自从一九八四年十月间在黄山脚下太平湖拍了"黛玉北上"的航船远帆镜头后，她这条船足足航行了两年，直到一九八六年九月末才下了"船"坐轿子走在宁荣街上。这还是正定"荣国府"及时完了工，不然，她还到不了荣国府。

拍电视、电影，都是把镜头分好，编好号打乱了，根据条件综合拍。一段情节，分成好几个时期，隔开很长时间拍。把两年前拍的，同两年后拍的镜头接在一起，这叫作"接戏"。两年前那个镜头梳什么头、戴什么首饰、穿什么衣服……一切的一切，在两年后都要按原样打扮好，不能错一点。所以"接戏"是十分细致的工作，容不得半点疏忽大意。当然只靠人的记忆是不行的，必须靠细致认真的场记，文字和简图都要画明确，再有就是照片。

"黛玉进府"是先拍乘船北上，再拍见贾母，包括吃饭等等，这都是在摄影棚、贾母上房的场景中拍的。最后直到正定"荣国府"盖好，才拍"进府"。而"进府"还是先拍了在院子中的过场戏，如到贾政正院见王夫人，先到"荣禧堂"，出来再到"东边的三间耳房内"：王夫人领黛玉从后房出去，进入后院，出小角门到贾母上房，而中间在过道中告诉黛玉，这就是凤姐的院子等等，这些细节，都是分开日程一一拍出的。

黛玉下轿也足足拍了半天，轿中幌动，由轿窗向外张望，掀起轿帘下轿，扶轿杆出来，手部特写……一连串细致的动作，都是在"荣国府"前院仪门前拍的。

按照《红楼梦》中所写，黛玉坐轿进入京师，走在街上，撩起轿窗小帘向外观看，看见京师街道，果然繁华……这一气氛，在宁荣街上，要尽量表现出来。各种店铺的市招、幌子，都一一入了镜头；各种摆摊的、卖艺的……应有尽有。还要有不少老百姓，男女老少，买东西的、说闲话的、在小摊上蹓跶的、看热闹的……这也都是由临时演员妆扮的。

在"元妃省亲""秦可卿出殡"两场戏中，虽然也都经过"宁荣街"，但一是"净了街的"，一是"出殡行列"，实际都没有展现宁荣街平时风貌。在"黛玉进京"中是有意展现"宁荣街"风光，而目的是表现书中所写"黛玉所见"，是写黛玉内心世界。但书中可以一笔带过，在电视剧中却不能"一笔略过"，而要较真实地表现了。

除去"黛玉进府"展现宁荣街的风光外，在薛姨妈、宝钗、薛蟠来京时，在小红带巧姐外出时也展现了宁荣街，但那只是作为背景处理，就未特地展现"京师街市风光"了。

别了正定

由北京南来的火车，在正定站不停，所以每次都是坐到石家庄，再转车来到正定，路程不过三十六华里。而北去的快车，在正定停，所以回北京，只要在正定上车就行了。

在微微下了几点秋雨的早晨，我和史延芹同志由招待所乘汽车到正定火车站。临时买票，上车再补了软席票。一上车坐下来，车就开了——别了！正定。

我和史延芹同志自从在苏州甪直认识之后，共事已近三年了。这次正定工作结束，她又要参加新的工作；车中无事，不免谈话多了些，既是思旧，又是话别；既是话别，又是怀旧。而话题的中心，还在《红楼梦》，还在三年来的拍摄甘苦……

她意味深长地说："如果让我再搞一次《红楼梦》，我会搞得更好……"

我深深感到这话包含着多少艺术的苦心！现在"红楼服装"在香港、在北京几次展出，写此文四周前，即六月二十六日下午，在北京故宫前朝房中"红楼服装展览会开幕式"上，我还和她见面，大家还为已取得的成绩而欢忻。但从艺术的追求上讲，我相信她不会满足的。在离开正定时火车上的话，我感到是她发自内心的艺术心愿。

车到了北京站，剧务李军如同志已来接待。他告诉我，他已为我买好了第二天回上海的火车票。我十分感激他，也十分感激剧组的全体同志们。虽然行色匆匆，不能跟大家一起庆贺外景拍摄工作的完满结束，但我们终于完成了一件大事。电视连续剧《红楼梦》播映之后，轰动了海内外，获得了很大的赞赏，也引起了极大的争论，其影响之强烈，出乎人的意料。对于这许多争论的问题，见仁见智，各有不同；大的方面，小的方面，都很难一下子取得一致的意见。我未能深入地写什么讨论的文章，只是把拍摄的经过，当作旧事来回忆，陆陆续续写了些片段。今年七月间，有机会来四川峨眉成都军区疗养院小休，回忆在四川灌县、崇庆等地拍戏，不觉便已两年，自然难免感慨系之。

小休期间，除去各处游览外，剩下时间，在安静的小房间中，望着窗外老树茂密的浓绿，回忆前尘，伏案书写，每天两三篇，用了一个星期的时间，终于把全书写完了。奉献给爱看电视连续剧《红楼梦》的热情观众们，或者能给您增加一点荧屏之外的文化兴趣吧？

一九八七年七月廿七日完稿于峨眉军区疗养院居室北窗下，时窗外夏雨初霁，绿树如洗。

"红楼"电视的爱情突破

《红楼梦》电视连续剧快要播出了。在此之前，《红楼梦》被现代化艺术手段改编的有电影《红楼梦》和越剧电影《红楼梦》。不过，以上两种改编的《红楼梦》，都因为时间、艺术手段的限制，无法将这洋洋大观的一百二十回小说的主要人物和情节，全部包容进去，只能以宝、黛、钗的爱情悲剧作为故事梗概，这实际上是对《红楼梦》一书的无法避免的篡改。而且就以《红楼梦》所谈的爱情关系来说吧，也不只是宝、黛、钗的爱情关系。再扩大一点说，也不单纯是以宝玉为中心的男女爱慕关系。《红楼梦》所写的爱情关系，还有尤三姐和柳湘莲、司棋和潘又安、小红和贾芸、龄官和贾蔷、智能儿和秦钟，甚至茗烟和万儿……尽管故事有长短，着墨有多少，而人物的形象都是鲜明的，故事也是动人的。从这些少男、少女的纯真感情讲，与宝玉、黛玉等人，并没有多少差异。

《红楼梦》不是庸俗的源于《西厢记》的才子佳人小说，也不是《十美图》式的以一个文武全才的美男子为核心，吸引许多女性围着它转的"多妻主义"的小说。社会上看《红楼梦》，谈《红楼梦》，以及用戏剧、电影等等艺术手段表现《红楼梦》，总是局限于宝玉、黛玉、宝钗的爱情、婚姻悲剧，是"掉包计"呢？还是其他呢？这似乎始终没有突破长期来世俗观念的藩篱，难道曹雪芹只局限于这点吗？

把《红楼梦》改编为电视连续剧，不再受舞台剧、电影本数等时间限制，它的容量大些，尽可能包容曹雪芹所写到的爱情情节，表现那些不同于宝玉、黛玉、宝钗等形象的少男、少女们的纯真的爱，从而使观众看到，在《红楼梦》中，除贾宝玉被人爱而外，还有别的女孩子，她们纯真的爱情之火，初恋的萌芽，各有她们的钟情者，并不都是围着贾宝玉转的。曹雪芹也曾大声疾呼，借了尤三姐的口道："难道除了你家，天下就没有好男人了不成？"这是对贾琏说的，也是对读者、观众说的。如果把《红楼梦》这部书，作为一部完整的文学巨著来处理，任何移植、改编，都不能仅限于宝、黛。《红楼梦》电视连续剧初步突破了这一点。这自然也还不够，还没有能把曹雪芹用少量文字所显现的耀眼的爱情火花充分表现出来。限于容量，有的还不能不割爱。可是，我们毕竟看到一部比较接近原著的形象化的《红楼梦》了。

红楼春意

——电视剧《红楼梦》拍摄侧记

　　题目本来是《红楼春讯》，后来一想，不好，便改作《红楼春意》了。因为《红楼梦》电视连续剧，在我写文章时，只放了《简介》，似乎只是给大家报告一个消息，因而先想到了"讯"。当然，用个"信息"二字可能更摩登些。——这且不谈，且说为什么要改为"意"字。因为考虑，这篇短文刊出时，这部电视剧的前六集已经播放，和大家见面了。值此新春佳节，《红楼梦》电视剧剧组向广大观众献上一份心意，因此把题目改为——"红楼春意"！

历程艰辛，谈何容易

把《红楼梦》拍摄成电视连续剧，在四五年前，是想也没有敢想的事；现在居然拍摄成功，而且播放了，自己又参加了这一工作，是感到非常欣慰的。可是在以前几年，那又该多么艰难，也可说是一个艰辛的历程吧。

由头到尾五年时间，一百二十回的大书改编成文学剧本，再改编成分镜头剧本，服装、道具，找演员、找景点，时代的差距、条件的限制，要表现曹雪芹二百多年前所写成的巨著、所叙述的故事、所创造的形象、所显现的艺术气氛，谈何容易？林黛玉到哪里去找？贾宝玉到哪里去找？薛宝钗到哪里去找？……在当初这都是难题。

"贾宝玉"究竟是男是女？

就说贾宝玉吧，过去不少以《红楼梦》改编的戏剧、电影等等，除去梅兰芳先生演黛玉、姜妙香先生配宝玉，他们二老是男性外，其他宝玉都是女性扮演。贾宝玉究竟是男是女呢？自然是男的，这似乎不成问题。《红楼梦》电视连续剧筹备拍摄之初，就决定要突破戏剧化的程式，力求生活化。宝玉就一定要找男性来扮演。要男宝玉，不要女宝玉。

不过说来容易，找来却很困难。现在一般青年男演员，从体型上、从性格上、从戏路上找个宝玉型的的确不多，况且还要在一群小姑娘——那些女孩子，正是混沌世界、天真烂漫之时，坐卧不避，嬉笑无心——中作戏，如何表演得正是"火候"，这个人选是不容易的。但是，得来全不费工夫，找到了四川峨眉电影制片厂的欧阳奋强，是七百多应征者遴选到最后二十名，他又是在二十名中夺魁的。试装小品，十分神似（自然谁也没有见过真贾宝玉），这的确是"男宝玉"。但上了装，在镜头前，却有几分"女相"。在拍摄现场，围观的群众，却常把他当成"姑娘"。但也有例外，他因为上装时戴头套方便，化妆师要求他平时剃光头，所以他两三年来，一直是"光葫芦"。有一次在现场，老乡们看到便装的他，不认识，指指点点说："这是那个演小和尚的演员……"他学习很勤奋，拍戏空隙还写文章，所写《"宝玉"日记》，已编入《宝黛话红楼》一书中，由花山文艺社出版。

"林妹妹"善吟，"凤辣子"吃辣

"金陵十二钗"在《红楼梦》中是金陵人，在《红楼梦》电视连续剧中却是来自五湖四海。"凤辣子"邓婕是四川人，的确能吃辣的。宝钗姑娘张莉则也是四川人，自然也能吃辣的。荧屏上的"金陵十二钗"，是不是真有金陵人呢？当然要有，那高贵的元春妃子——成梅是南京人，那苦命的香菱姑娘——陈剑月也是南京人。有"榴花开处照宫闱"和"根并荷花一茎香"，不足以代表"太虚幻境"的"册子"了吗？

人们最感兴趣的是林妹妹，电视剧里的"林黛玉"陈晓旭。自从她参加拍摄以来，各种影视刊物对她的报导很多，照片也登了不少，有个时期，有七八家刊物用她的照片做封面，社会上对她很熟悉了。现在她在屏幕上，以林黛玉的形象出现，是不是就是各位心目中的"林妹妹"呢？——这且不说，不过可以告诉读者一点新的信息，就是这位家住鞍山的"林妹妹"的确也是一位女诗人。据说她的抒情长诗《梦里三年》，在诗中倾诉了她的理想、追求、友谊与爱情，真挚、感伤之处，有似台湾女作家三毛，剧组中不少人叫这位"林妹妹"为"大陆上的三毛"。

妙添一场戏——"淫丧天香楼"

《红楼梦》电视剧的改编，前八十回均按原作，但是在秦可卿情节上，按照"脂批"所能考证的材料，加了"淫丧天香楼"一场戏，使剧情发展，更为合理和富于戏剧性。八十回后的情节则未按高鹗续书，而是根据现有文献，以"脂批"及历来红学家研究成果为依据，加改编者想象而成，不是"再创作"，而等于新创作。这部分内容显示了编剧周岭的艺术才华。将来全部播完之后，可能会引起文艺界的争议，但这是好事："百家争鸣，百花齐放"么！

一百五十多个演员和九千六百多个镜头

《红楼梦》电视连续剧，不算筹备阶段、演员训练班等所用时间，单说拍摄，共两年零一个月，拿下了九千六百多个镜头。基本演员及工作部门人员一百五十多人；大场面戏，临时演员最多用到上千人。为拍摄在北京盖了大观园，在正定盖了宁、荣府，宁荣街。剧组对这些建筑都有部分投资。《红楼梦》电视剧拍完了，这些建筑物作为旅游点，都取得了经济效益。拍摄这样一部大戏是要花不少钱的，当然不能说没有一点浪费。但从要求上讲，那不少地方还是因为受到经济限制，不得不勉强些。

《红楼梦》电视剧，对于祖国这部伟大巨著的普及，将起到很大的作用。全部编完，共四十集，突破了过去《红楼梦》电影、戏剧的限制，把洋洋大观的一百二十回书，像一幅漫长的仕女图卷、二百多年前豪门生活图卷、十八世纪社会生活图卷展现在观众面前了。它不只是"爱情悲剧"，它反映的是一个历史时代的社会横切面，它把《红楼梦》原有的社会意义展现给观众了。

红楼说梦

——谈电视剧《红楼梦》改编拍摄

一、"爱情"的《红楼梦》

鉴往事而知来者。要说改编《红楼梦》，那电视连续剧《红楼梦》并不是破题儿第一回了。戏剧不说，单说带"电"字的，我就看过两部《红楼梦》的电影了。一是四十年代，沦陷时期的《红楼梦》电影，由袁美云女扮男装演宝玉；二是二十年前越剧《红楼梦》电影。

这两部电影都是以宝、黛、钗的爱情、婚姻为主要故事情节的。因为时间、艺术手段种种限制，都无法将洋洋大观的百二十回《红楼梦》情节全部包容进去。仅以"爱情"而论，《红楼梦》所表现的，也不单纯是以宝玉为中心的爱情关系。有尤三姐和柳湘莲、司棋和潘又安、小红和贾芸、龄官和贾蔷、智能儿和秦钟，甚至茗烟和万儿等多种多样的爱情关系。这些在曹雪芹笔下都各具光彩。

《红楼梦》不是庸俗的才子佳人小说，也不是《十美图》式的以一个文武全才的美男子为核心，吸引许多女性围着他转的"多妻主义"小说。但世人看《红楼梦》、谈《红楼梦》，包括改编的电影、戏剧等，总是局限于宝、黛、钗的婚姻，还没有突破长期以来世俗的樊篱，还没有真正理解曹雪芹所写的"爱情"的真谛。

把《红楼梦》改编为电视连续剧，不再受舞台剧、电影等时间限制，它的容量可以大得多。所以电视剧写了贾芸与小红、贾蔷与龄官、尤三姐和柳湘莲、司棋与潘又安等人的戏。使观众看到，在《红楼梦》中，除贾宝玉被人爱外，也还有别的女孩子，她们纯真的爱情之火、初恋的萌芽，并不都是围着贾宝玉转的。

如果把《红楼梦》作为一部完整的文学名著来改编，就不能局限于宝、黛、钗的"木石前盟""金玉良缘"等狭隘的爱情悲剧的小圈子中。《红楼梦》电视连续剧初步突破了这个小圈子。

二、"社会"的《红楼梦》

《红楼梦》不单是写了各种爱情关系，它更反映了封建社会的各种社会关系。无声电影时代，上海曾拍过一部《红楼梦》，情节大体是这样的：

从乡间刘姥姥要去荣国府开始，先是晚间与女婿狗儿商量，接着作好进城去荣府的准备，便安歇睡觉。睡觉之后，刘姥姥便进入梦境，恍恍惚惚，已到了荣国府大观园中，说不尽的繁华锦绣。正在游赏宴乐的时候，忽然一声喔喔鸡啼，醒了过来，原来是南柯一梦。想到梦境中的繁华，便急忙起来，梳洗打扮，带上板儿，匆匆赶进城去。来到荣国府门前，只见大门紧闭，冷落无人，门上贴着十字大封条，原来已经被查抄了。

也许这部改编的《红楼梦》从某种意义来说更能概括《红楼梦》所表现的社会意义。

曹雪芹自己并不把他的《红楼梦》局限在爱情故事中，而更重要的是在于显现他的哲学思想，寄托他的盛衰沧桑之感。

人事变幻，岁月沧桑，炎凉感慨，在《红楼梦》中反映的，在宝玉性格和忧虑中所表现的，似乎比爱情方面的更深刻。要充分表现完整的《红楼梦》，在剧本改编及摄制上，就必须注意到这点，因而电视连续剧在这方面作了一些努力。

在《红楼梦》原书中，好多情节，都似乎是"开头"。女娲炼石补天、一僧一道对"石头"说话、甄士隐失英莲、冷子兴演说荣国府、黛玉进府、太虚幻境、刘姥姥一进荣国府等等，都可以作为《红楼梦》的开头，各种以《红楼梦》命名的戏剧、电影等等，各自所选择的开头，也是不一致的。《红楼梦》电视剧选择了一僧一道、甄士隐失英莲、葫芦庙起火、贾雨村入京、上任、黛玉北上等等情节，穿插在一起作为开头，就是把甄府"小荣枯"和贾府"大荣枯"结合起来，使在表现《红楼梦》的社会意义上，更丰满些。开头这样，结尾是否也能充分地体现这点，是否能站得住，这关系如何对待八十回以后的情节。

三、八十回后改了哪些情节

《红楼梦》电视连续剧，对高鹗所续的后四十回的情节，作了大胆的改动。

早在一九二四年前，俞平伯先生就写过《论续书底不可能》。文中说："虽明知八十回是未完的书，高氏所续有些是错了的，但决不希望取高鹗而代之，因为我如有'与君代兴'的野心，就不免自蹈前人底覆辙。我宁可刊行一部《红楼梦辨》，决不敢草一页的'续红楼梦'。"俞先生的话是从学术和文学艺术的角度说的。

时至今日，大家都知道后四十回是高鹗所续，续文不但文学艺术水平较前八十回相差甚远，并且有些是错了的。再有脂砚斋评语中所提供的各条有关后几十回故事情节发展的线索，想给《红楼梦》写续书的大有人在。在红学领域中发展成为"探逸学"，力图通过考证、推理来研究八十回后故事情节有哪些发展，有哪些更符合于曹雪芹原意的情节。自然，学术的讨论只能凭论据来分析，还不能形成故事。

《红楼梦》改编为电视连续剧，自然不可避免要遇到这难题。对于八十回以后情节的改编，是完全按照"有些是错了的"老路子改编呢？还是根据现有材料及前八十回的种种伏笔，尽量符合曹雪芹的原意呢？前者方便，而且容易适应社会心理，不担风险；后者困难，改编后是否为广大观众所接受没有把握。

在这一难、一易，风险和保险之间，《红楼梦》电视剧的改编，选择了前者。八十回以后的编剧周岭同志，按照红学研究中所取得的成果，运用"脂评"——《红楼梦》后部分唯一的直接的可靠资料，周密地分析了前八十回的情节发展、种种暗示、人物性格，几易其稿，写成了八十回以后的几集文学剧本。

对照高鹗的后四十回，《红楼梦》电视剧改动较大的有以下各处：

探春远嫁；

宝玉出远门；

黛玉先死；

宝玉奉元妃懿旨与宝钗完婚；

元妃薨；

贾母逝世；

查抄贾府；

贾家人等入狱；

刘姥姥找巧姐；

狱神庙贾芸、小红探监；

凤姐在羁留所大雪中死去；

宝玉被释放，流落街头；

流落中的宝玉遇到坠入风尘的湘云；

宝玉流浪乞讨，巧入蒋玉菡家，又遇袭人；

蒋玉菡接来被卖又赎回的宝钗；

宝玉路遇坐在囚车中的贾雨村、坐在大轿中穿猩袍的门子；

宝玉向天边走去，剩下白茫茫的大地……

以上这些情节，都是《红楼梦》电视剧在原著八十回后情节的发展。这样改编是不是好，是不是能为广大观众所接受、所赞赏，这有待于全剧播出之后，再听回音。自然会引起争论。至于为什么这样改编，后面我再分几个方面，谈谈我个人的看法。

四、为什么要改宝玉婚姻

不按照高鹗所续后四十回改编《红楼梦》，首先遇到的一个难题，就是如何处理宝玉、黛玉的爱情和宝玉、宝钗的婚姻。先不要说如何超过高鹗了，就说如何写下去，使故事情节得到合理的发展，能得到观众的承认，而且不能说是所有的观众，只能说是大部分观众的承认，这就不容易。

大观园出现了萧杀、衰败之气，高鹗让宝玉两番入家塾，让宝玉给巧姐讲《列女传》，让宝玉神秘地再失玉、再生病、在神志不清的状态下完婚，最后又大彻大悟，考举人谢养育之恩，又去当和尚……如不按高鹗写法写这些，如何处理宝玉呢？而且宝玉年纪越来越大，总不能让他不考虑其他，不谈到婚姻，只在大观园中游荡。因而安排了宝玉、黛玉花下定情的一场戏，使宝黛爱情上明朗化，但又不能太露。

黛玉的病，早在前八十回就有许多地方暗示。但是否就死，又如何死？而且黛玉死时，宝玉是否在身边，如何安排他？改编者让他在此时离开荣国府、大观园，去跟着北静王外出。作为当时一个没有功名的世家子弟，年纪大了，总也要奔个出路，正如第四十八回《滥情人情误思游艺》中薛蟠说的"成人立事"，也是合情合理的。宝玉一走，黛玉当然有一块心病：就是和宝玉的婚姻合法化。私下里虽然和宝玉"敲定"了，但在当时的封建社会，诗礼之家是只有凭父母之命、媒妁之言才能定终身的，不然便是"私情"。有的父母，理解、爱怜小儿女青梅竹马的爱情，便水到渠成，做成好事。有的则不然，便酿成悲剧。

改编者先安排黛玉听到宝玉提亲不是她，而病情加重；接着又听到是自己而暗自欣慰，病一天天好起来。所谓心病还须心药医。这在前八十回已有暗示的。贾母对黛玉怜爱，曾经提过不是冤家不聚头等等。如第二十八回云儿唱的曲儿"两个冤家……三曹对案我也无回话"暗示宝、黛、钗。第五十七回薛姨妈又明显地说过此事……所以安排宝玉提亲，贾母中意黛玉，黛玉无意中听到此事，非常欣慰，一切都放了心，病渐渐好起来，这应该说是在情理之中的。

但是天有不测风云，人有旦夕祸福，消息突然传来，宝玉在外出了意外。这对黛玉是个致命的打击，久病之身，稍有起色，经此意外，遂至缠绵不起了。

等到宝玉意外地脱险归来，黛玉已经死了。黛玉死后，写宝玉奉元妃懿旨完婚。这样处理，有几点根据。一是宝钗上京，是为了什么？第四回写道：

> 近因今上崇尚诗礼，征采才能，降不世之隆恩，除聘选妃嫔外，在世宦名家之女，皆得亲名达部，以备选择，为宫主、郡主入学陪侍，充为才人、赞善之职……（薛蟠）一来送妹待选……

宝钗入京，目的明确，是待选入宫。皇宫中除去皇帝是男性，其他"后、妃、昭仪、才人、赞善"等都是女性，实际都等于皇帝的妾。这样身份的候选人，在年纪尚小、未选进宫之前，纵使朝廷没有明文规定不能在一般仕宦之家找婆家，那本来抱着这种希望的父兄、母亲，也未必就能在未经宫中选择之前，便主动放弃另找婆家。曹雪芹把这一笔写得很重，如果曹雪芹自己写宝钗的结果，可能会有所交待。而高鹗续书，却忘掉了这点。现在改为宝钗是奉旨与宝玉成婚，这点落实了。

二是第二十八回写端午节元妃赏的端午礼物，宝玉、宝钗的礼物一样，都是"上等宫扇两柄、红麝香珠二串、凤尾罗二端、芙蓉簟一领"。接着便写"薛宝钗羞笼红麝串",宝玉看到宝钗雪白的胳膊,不觉动了心,想到"金玉",不觉呆了等等。也似乎暗示这"金玉良缘",是因元春赐"红麝香珠串"作为婚姻的媒介。这样后来元妃赐婚也顺理成章。

简单地说:宝玉、宝钗成婚,是像高鹗所写,把王熙凤加进去,不管前面种种暗示,使之和黛玉之死成为对照好呢?还是像以上所改好呢?应该说现在所改更合理些。但是高鹗续书,已经通行了二百多年,已经定型了。虽然它也是文学创作,不是历史,但已深入人心,几乎如同历史事实了。现在这样改,虽然情节更合理些,但肯定会引起争论的。但这种争论,也只能是各抒己见,议论纷纷了。这也是符合"百家争鸣、百花齐放"的精神。

五、宝玉的结局

第二十二回《制灯谜贾政悲谶语》中,宝钗的谜语是:

有眼无珠腹内空，荷花出水喜相逢。

梧桐叶落分离别，恩爱夫妻不到冬。

这个谜语暗示了宝玉、宝钗的婚姻结局。在高鹗续书和改编的电视剧中，宝玉的结局和贾府的命运都是联系在一起的。高鹗写了抄家，但宝玉在变故中未受任何委屈。这就使读者和观众对宝玉的结局形成了历史的固定看法。但根据前八十回故事情节发展的逻辑，抄家之后，宝玉不可能没有困苦贫穷等必然遭遇。

在俞平伯先生考证发现的曹雪芹未完成的《红楼梦》八十回以后的残稿中，宝玉也确是贫穷之后再出家的。因此，电视连续剧中贾府及宝玉最后的结局大概如此——

宝玉、宝钗成婚的时候，忽报元春薨了。噩耗传来，贾府上下惊慌失措，贾母也昏过去，接着死了；接着抄家，入狱……似秋风扫落叶一样，厄运接踵而来，宝玉就这样，急遽地走上他的无限沧桑、不堪回首的结局——消失在"白茫茫大地"中了……

电视连续剧《红楼梦》，宝玉的结局处理得好不好，有待于观众的评议争论。我感到这样处理是合乎情理的。结局悲惨中沿门托钵，正写透了封建社会的炎凉世态。

《红楼梦》是一部博大精深的不朽文学巨著，而且又很遗憾地是一部残书。前八十回的艺术境界，探之不尽；八十回后的佚文迷茫，遗恨无穷。改编为电视连续剧，如从美学、艺术的高水准来对照原作，自然还有很多差距，只是从全面展开《红楼梦》故事上，从表现《红楼梦》的历史社会意义上，从普及《红楼梦》这一民族文学遗产上，电视剧较之以前各种形式的改编推进了一步，做了一件对继承民族历史文化、丰富人民文化生活有建设意义的工作。

悲金悼玉的《红楼梦》
——谈电视剧《红楼梦》后四十回的改编

火似洪炉九转丹，红楼梦寐亦艰难。

未必多情岂有待，偶闻消息已阑珊。

曹侯遗恨成千古，兰墅风流本贵官。

穷愁剩有文章在，收入荧屏作画看。

几年惨淡经营，电视连续剧《红楼梦》摄制完，开始播放，与观众见面，要接受社会的考验与评价了。消息传来，作为一个参加这一工作的人，感到莫大的欣慰，也有不少感想。三年来，辛勤拍摄的情景，历历如在眼前，正所谓：如人饮水，冷暖自知。试问读者，这能不情动于衷吗？如此，不免有点诗意，这样就写了几首诗，上面抄的就是其中的一首。这篇短文就想从这首诗说开去。

一百二十回的《红楼梦》，现在社会上一般都知道，前八十回是曹雪芹原著，后四十回是高鹗所续。高鹗续书一般说来是成功的，但较之前八十回终究差着一大截。再有在近几十年的红学研究中，从几种珍本残存的"脂砚斋""畸笏叟"评语中，了解到一些曹雪芹生前对八十回后故事的安排，甚至还有写出来的稿子，如"狱神庙"回，但在当时就迷失了。这些红学研究的成果，便为电视连续剧《红楼梦》的改编提供了另一种可能，就是八十回后的故事，不按高鹗续书改编，而按照红学研究中探索到的情况改编，这样或者更符合曹雪芹原来的写作意图。这是一个大胆的设想，艰巨的工程，也是一个冒险的尝试。

为什么这样说呢？因为一百二十回《红楼梦》，作为一部完整的书，已经流传了二百多年了。发现后四十回书为高鹗所续，这也是六十多年前开始的新红学家所研究的结果。《红楼梦》后四十回的故事，对社会上来说，虽然不是历史，但也好像历史事实一样，早已深入人心，被人认定了。现在改编为电视连续剧，按照老路子走，把高鹗的后四十回按顺序加以改编，自然方便。但一是炒冷饭，难以出新；二是更重要的明知不是曹雪芹原文、原意，为什么还要照搬，为什么不能运用红学研究的成果加以改编呢？

不按照高鹗续书改编，难题首先在宝玉、黛玉爱情，宝玉、宝钗婚姻上。争论的焦点首先也在此。

高鹗续书，是让宝玉再失玉、生病痴呆，黛玉也生病、病中听到宝玉提亲的消息，王熙凤定计娶宝钗时，让雪雁来送亲，骗宝玉，说是黛玉。这样宝玉、宝钗花烛之夜，潇湘馆黛玉绝命之时，形成对照，造成悲剧结果。高鹗写这几回书，也费尽了苦心，也有它较强烈的艺术效果。但是仔细分析，就感到勉强了些。人物性格和前八十回所表现，并不十分统一。宝玉再度失玉、神智不清，是重复模仿前八十回所写，即二十五回《通灵玉蒙蔽遇双真》、五十七回《慧紫鹃情辞试莽玉》等情节。还有他忽略了很重要的一点：

第四回宝钗上京时，曹雪芹明写其目的是"世宦名家之女，皆得亲名达部，以备选择"。薛蟠来京第一件要事就是"送妹待选"。宝钗本来是要皇帝选进宫中去的，而且要把名字报到"部"中。这一点后面并无任何交待，就和宝玉在王熙凤的"奇谋"下成婚了。再有高鹗续书中，宝玉成婚，紧接元妃薨后，正在"国孝"期中，似乎也未注意到。凡此等等，高鹗续书的这些情节是经不起推敲的。

电视剧《红楼梦》把这些情节改为宝玉、黛玉定情，宝玉离家外出。黛玉病中听到宝玉提婚消息先是自己病有起色，不久又无意中听到宝玉在外面遭到意外不幸身亡的消息而绝望，病情加重而死去。宝玉意外脱险归来，黛玉已死，悲痛万分。奉元妃旨，宝玉、宝钗完婚。在宝玉、宝钗吉期洞房花烛时，忽报元妃薨去。紧接着贾母也昏了过去，不久也去世了……

电视剧宝玉、黛玉、宝钗三者的关系，黛玉之死，宝玉、宝钗成婚，按照上述情节发展，还是比较合理的。贾母去世之后，接着便是抄家、宝玉入狱等情节，宁、荣二府一败涂地，老爷哥儿们都锒铛入狱，最后宝玉沿门乞讨，巧遇袭人，又独自出走，消失在白茫茫大地真干净中……完成一个彻底大悲剧的结局。

《红楼梦》是流传了二百多年、家喻户晓的文学巨著，电视连续剧如此改编，在社会上肯定会引起热烈的争论，我感到这是非常好的事，我衷心地期待着。

耦园思绪
——我与苏州的断想

在僻处苏州古城东隅的耦园中，幽静的听橹楼畔，两大株烂漫于早春风雨中的山茶花已经开谢了，嫩红的落花铺了一地。这是一年花事中最早飘零的残红，虽然坠地无声，似乎也震撼着某种多愁善感的少女的心……看，一位身穿绯色古装衫裙的少女，正把落花轻轻地、一朵朵地拾起，放在花囊中……远处，穿着牛仔裤的八十年代健美女郎好奇地望着……这一切似乎都非常和谐。原来，这是电视连续剧《红楼梦》剧组正在拍摄黛玉拾落花的镜头。

我滥竽为剧组的顾问之一，因在江南拍外景，离我工作地上海较近，便也被邀来凑热闹，跟现场。在现场上，偶然跟在导演王扶林同志处看看监视器荧光屏上的画面，而大部分时间，却在现场上闲看着。人在闲着的时候，大脑往往闲不了，说句漂亮的雅言，叫作浮想联翩；说句日常的俗语，就叫七想八想吧。总之脑子不会停留在一个点上，而是现代的摩登镜头——意识流。人，就是这样的奇怪，常常会想着这个，忽然又跳到那个……那个，也许又回到这个。

闲看着"林黛玉"拾落花，自然想到花，忽而又想到园，又想到数年前第一次来耦园吃茶的情景，杂七杂八……忽然想到我到过多少次苏州了，自然有个数字，但一时算不清了。而鲜明的记忆，是永远不会忘记的：一九八四年二月初，正是癸亥年腊月廿七日，下着大雪，我赶到苏州，住在姑苏饭店，把好多友人从烧年菜的厨房中、热灶畔，硬请了来开会，请他们支持，做在甪直拍《红楼梦》序集的准备工作……一九五三年秋，我来到苏州，在桂花甜香的飘拂中，慢慢走过狭窄而深长的平江路（说是"路"，实际只是一条石子深巷），去到一位长辈家中，吃从陆稿荐买来的包在新鲜荷叶里的粉蒸肉，喝从元大昌买来的善酿酒……悠悠岁月，花开叶落，前后已三十多个寒暑了，剩下了些什么呢？我在想着：是缘分？是情意？是友谊？

作为一个异乡人，不但现在，即使在三十多年前，我第一次来到这有"天堂"之称的名城，也丝毫没有作客之感，而是像回到久已憧憬的故乡一样。十来岁时，在古老的北京做小学生，同座的就是苏州大儒巷名门潘家的子弟，儿童的心理是天真的，情谊是无邪的。那时他初到北京只几个月，说话带着浓厚的吴音，总是深情娓娓地向我讲述他的故乡。放学时，同路回家，先到他北京的家，后到我家。大家在当时的文化古城都是客居，他说着家乡的话，我听着也似乎分外亲切，对这闻名已久的"天堂"，也充满朦胧的憧憬和爱了。而当时谁又想到，若干年后，我真的会到他的家乡，多少年来，始终是他家乡的常客；而这个真正的苏州人，却再未回到他的家乡。这又是谁注定的缘分呢？

有缘分就有友谊，有友谊就有情意。我与苏州，苏州与我，有多少旧事可思，有多少情意可说呢？缘分深，友谊多，情意厚……

苏东坡把人生比作"雪鸿"，说什么"泥上偶然留指爪，鸿飞那复计东西"，这似乎是慨然言之。我一直对这种虚无缥缈的"偶然论"未敢苟同，总想着人生有它的偶然性，似乎也有它的必然性，这是相对的，也是辩证的。因之我更喜欢"寺忆曾游处，桥怜再渡时"的意境。这不是人生的短促道路上，随时足以引起安慰的意境吗？我走在太监弄，会忽然想起在"吴苑"吃茶的情景，那嘈杂的人声，提着大铜壶穿梭般地跑来跑去泡茶的堂倌的影子，那卖眼镜、卖香烟、卖瓜子、卖粽子糖、卖牙签、卖挖耳勺、卖木梳、卖话梅、卖……这些情景，也一一浮现在我眼前。这些都没有了，取代的是王四酒家、得月楼、松鹤楼后门的雪亮的小轿车……变了，大变了！我站在虎丘门口，看着那么许多人，那么许多车，那么许多店，卖点心的、卖水果的、卖甘蔗的、卖眼镜手杖的、冲印彩色照片的、卖酒饭的、卖土产的、卖衣服的……我不由自主地想起三十多年前步行逛虎丘时那种冷落的情景，眼前……变了，大变了……

昨天、今天、明天，苏州和我，我和苏州……我断断续续乱想着，时间太久，事情太多，话旧的内容太丰富了，眼前的春色太醉人了，未来的期望太美好了。一团思绪，一时闲谈，一份友谊，一种情意，记下片断，一鳞半爪，也算文章吗？未免让您见笑了……

一九八五年四月十八日于水流云在轩南窗下

"红楼"电视与东北姑娘

　　《电视与戏剧》霍雅君同志来约稿，我一问她，知道是中国电视艺术家协会辽宁分会办的刊物，地址在沈阳——也就是曹雪芹时代的盛京，所谓"清代的发祥之地"，我忽然想起了一个好题目，那就是：

　　"东北姑娘与《红楼梦》"，或者是"《红楼梦》与东北姑娘"。哪一个放在前面都可以。这一点不必请目前流行的名单学专家召开专门会议研究先后。闲话少说，书归正传：

　　当然，我还要先作个说明，就是我所说的东北人，是指当代的东北人，而不是指曹雪芹的祖宗——从龙入关的旗鼓牛录章京曹振彦，以及《清史稿》记载的"曹寅字楝亭，汉军正白旗人，世居沈阳，工部尚书玺子"等等。再有我在此文说的《红楼梦》，也限制在《红楼梦》电视剧的范围中，不及其他。说得更明确一些，就是现在的东北姑娘与电视剧《红楼梦》。

一句话：现在的东北人——具体说，是东北姑娘对电视剧《红楼梦》是作了很大贡献的。

二百多年中，倾倒了多少少男少女的林黛玉、林姑娘、林妹妹——也就是那多愁善感的潇湘妃子，出现在"红楼"电视屏幕上的就是东北姑娘，知道的人已经不少了。这里不妨再说一句，就是鞍山话剧团的青年演员陈晓旭同志，初上荧屏时，是位十九岁的姑娘。

我认识晓旭，是在一九八四年四月末。当时剧组集中四面八方应召来的青年演员办训练班，讲《红楼梦》和表演艺术，地点在北京古老的圆明园旧址，大水法后面一个招待所里。这不知是什么单位办的招待所，在这么好的环境里本来可以办成一个十分完善的招待所。可是管理不善，后来闹了住客食物中毒的大新闻，也使大观园中的待选姐姐妹妹们大吃苦头，不少人被救护车送入了医院。"吃苦头"的自然也包括"林妹妹"晓旭在内，但她是否入医院，后来我忘了问她了。写到这里，偶然想起，顺便插上一笔。

不过，我虽然也住在这里，却没有吃苦头，因为我只住了半个多月，就回上海了。这次险情是在我走了之后发生的。

我给她们讲了不少次课，课余时间或在室中闲谈，或去圆明园荒僻的小路上散步，看看亭台楼馆的遗址，镜子般的一区一区的水面，冷落的无人观赏的桃花……正足发思古之幽情，想红楼之意境，给她们安排的这个学习环境，的确是很理想的。

不过当时我和晓旭同志接触不多，只是讲课、吃饭时见面客气地打招呼，再说当时还未定角色。我有眼不识泰山：不知她就是——林妹妹呀！

我因上海有事，匆匆而来，匆匆而去。隔开两个来月，我重回北京来剧组，在八大处北空招待所，这时角色已定，陈晓旭就是林黛玉了。这是训练班的后期，演员们一边听课，一边准备小品，一边写角色自传。我似乎是"荣国府中清客"般地住在那里，也讲课，也帮导演观审小品，也帮她们看所写的角色自传，这样与各个演员接触频繁，更熟悉了。

晓旭同志在整个学习期间，都是十分认真的。社会上观众，一般爱说美不美、漂亮不漂亮。其实就演员本身说，更重要的是性格和气质，是否接近于所演角色。现在电视《红楼梦》已播出了，观众可以看看，晓旭同志是否就是各人心目中的林黛玉，是否就是你朝思暮想的林黛玉，请大家评论吧。如果问我，我不能说"等于"，只能说"神似"。

八四年十月在黄山脚下太平湖，拍"黛玉北上"，八五年春天在苏州香雪海、耦园拍"黛玉葬花"，以及在北京大观园、淀山湖畔上海大观园、扬州瘦西湖……数不清的宝、黛所到之处，在一起拍摄两年多时间里，总的说一句话：荧屏上的林妹妹是《红楼梦》中的林黛玉。镜头外的陈晓旭是生活中的陈晓旭，是一位平易近人、作戏认真的女青年。如果不演林黛玉，做其他工作，那也和一般能干的青年一样。一九八六年九月在正定"宁荣街"拍秦可卿出殡等大场面时，有八百名群众演员，分若干队伍，都由各队领队负责带领，晓旭也被任命为一名带领临时演员的"小官"，在大太阳底下，尘土飞扬，一遍又一遍地排练着……哪里又像"林妹妹"呢？这是晓旭工作朴实、认真的可爱处。类似这种小事情，三年中，是很多的，无法细写，举此以见一斑吧。

如问花絮，那就更多。她是位聪明姑娘，如用江南话说：她是"冷面滑稽"的能手。有一次在苏州耦园现场上，她取笑一位穿蝙蝠衫的女士说："像一个鸭子，呱、呱、呱……"一边说，一边还举起双臂做动作，极为传神，被嘲弄者还不知道呢。

顺便告诉读者一声，晓旭很爱写诗，也写了不少，但很保密，轻易不给人看。希望不久的将来，能读到她的诗集。

和晓旭同志握别已三个月了，岁暮天寒，在遥远的江南，致以珍重的问候吧。

东北籍的演员，第二位值得一提的是哈尔滨京剧团的刘继红同志，她在《红楼梦》电视剧中饰演"小红"。

小红，在大观园中，是一位性格特殊的姑娘。在怡红院中，人材济济，她虽然美貌灵利，生性要强，但难与袭人、晴雯等争一日之长，长期屈处在打杂丫头行列之中。偶然机会，给宝玉端茶，却又受到麝月等人奚落。宝玉有意接近她，却又顾忌袭人、晴雯等人，只能在走廊上隔着海棠花望她。曹雪芹的如椽巨笔把文学艺术境界在这种地方作了极为充分的表现，脂砚斋在其柔情迷惘、诗意荡漾处批云："此非'隔花人远天涯近'乎？"

刘继红同志就演这个在诗境中引起宝玉可望而不可即的丫头小红。

照晴雯的话说，小红是爬上高枝了，因伶牙俐齿，传话清楚大得凤姐赏识，成了当家琏二奶奶的身边丫头的一员。再有因蜂腰桥眉目传情，罗帕投赠，小红与"后廊下的芸哥儿"贾芸种下爱的种子……这样一个玲珑妩媚的小人物，在现在的《红楼梦》中，却像彩幻般地只短暂地出现，没有得到应有发挥，只在"庚辰本"眉批中留下畸笏叟的批语：

狱神庙回有茜雪、红玉一大回文字，惜迷失无稿，叹叹！

《红楼梦》电视剧不满足于高鹗的续书，编剧据"脂砚斋""畸笏叟"等人的评语，对八十回以后的故事发展，作了适当的改编，尽可能表现曹雪芹的原意。因而电视剧中的小红，在后面有充分的发挥，大大丰富了人物的形象。刘继红同志演小红，戏是很重的，场次也是很多的。她基本上把这个有棱角、多面型又心地善良的少女形象演成功了。

我与继红认识，也是在一九八四年圆明园演员训练班上。一头有着俄罗斯血统的闪着金色的秀发，眯着小眼睛，一口东北腔的普通话，有说有笑，还只是个十八九岁、带几分稚气的孩子，又爽朗，又腼腆。在五一劳动节的晚会上，大家要她表演节目，却调皮地跑开了。却又暗暗拉我到隔壁讲课的屋子中，为我一个人唱《小放牛》，在老师面前她不感到拘束了。在大家和较为陌生的几位领导面前，她当时还真感到怕羞呢。

一九八五年春天，剧组南来拍戏，继红同来，八九个月没有见面，小姑娘老练多了。这时正在热恋中，苏州—哈尔滨，一个长途电话，能打半个钟头。

有一件趣事：在杭州住在一家招待所中，比较乱，她们隔壁房间，几位南方客人，夜间很晚了，不睡觉，又噪又闹。演员拍戏，一天很累，第二天要赶早化妆，被这批不文明的客人噪得不能安眠，气坏了刘继红，站在走廊中和他们大声讲理，高叫要"切磋切磋——"这群人突然被这位美丽的东北姑娘镇住了，瞪着眼睛望着她，不明白"切磋切磋"是什么意思。自然产生了恐惧感，老老实实关上房门安静地睡觉了——剧组中传为笑谈，很佩服她有办法。

继红是个心灵手巧的姑娘，这年秋天在四川灌县拍戏，用一周多时间结了一件黄色粗绒线连衣裙，颜色、样子都十分好看，典型的今年国际流行色。继红总在追赶着世界新潮流。

今年八九月间，在正定，她拿了一份短篇小说的草稿珍重地让我看。我仔细地读了，写的是一个少女初恋的故事，情节和人物形象，都能站得住，虽不十分细腻，但亦有其感人处。这似乎是她的处女作，我希望她进一步加工写得细些。她思路清晰，有文艺天分，如从事文学创作，不断努力，是有前途的。有哪个刊物愿意发表她的处女作呢？

继红和晓旭相比，略少些林黛玉式的那种味儿的感觉，却多些东北姑娘的爽利感。因而一个能演口角灵利的小红，一个却能演多愁善感的林妹妹。

电视剧的《红楼梦》，不同于过去的几种局限于宝、黛、钗恋爱关系的电影、戏剧，而是还曹雪芹无比丰富内涵的社会意义。在《红楼梦》电视剧荧屏上展现的不只是宝、黛、钗的形象，也不只是"金陵十二钗"，还有更多的展现社会面的众生相，如呆霸王薛蟠娶的那位新奶奶夏金桂便是一个特殊的人物。如果没有她，苦命"应怜"的香菱的戏，便得不到充分的发挥。香菱，是甄士隐的女儿，小名英莲。"英莲"者，"应怜"也。名字是谐音的，是贯串《红楼梦》整个故事、极为重要的人物。红花要绿叶相配，演好香菱，没有一位传神的夏金桂相配，又如何成功呢？哈尔滨歌舞剧团的杨晓玲同志，奋勇演成功了这个角色。

晓玲是一位更富于东北豪爽性格的姑娘，我认识她，也是在圆明园训练班上。她长着一头很长的秀发，因为是舞蹈演员出身，所以体型更为挺健。年纪不到二十岁，但是工龄很长。她笑嘻嘻地告诉我，她已有十年工龄了，我以为开玩笑；她告诉我是真的，我感到奇怪；她又加以解释，她八岁登台演出，就开始算工龄了。这样我才恍然大悟。

在圆明园的时候，放假日北京有家的演员都回家度假去了，爱热闹的都纷纷进城赶热闹买东西去了，晓玲却很少去。便一起在圆明园遗址上玩，在安静的当年宫娥、宫监跑过的幽径上，散步、歌唱，在大水法残石柱边，说故事、拍照片……留下了极富于诗意的记忆。

晓玲的戏集中在后期拍，训练班的第二学期她也没有参加，因此在圆明园分手之后，和她约有两年时间没有见面。一九八五年岁末，她从遥远的北国，寄来一张哈尔滨冰雕盛会的画片，飘落江南，在我小小的书桌前，看着这张画片，想象着五彩缤纷的冰城幻景，感到这一份友谊的可贵。

今年四月，在扬州瘦西湖何园，集中拍薛蟠房中的戏，娶夏金桂、薛蟠戏宝蟾、香菱挨打、香菱之死等等。美工师把薛蟠新房布置得花团锦绣，富丽堂皇。晓玲看了高兴得不得了，笑着说：

哎呦——这就是我的家嘛？

一口浓重的标准东北腔。"夏金桂"是东北姑娘吗？如用"原声"配台词，那就从正面回答以上问题了。自然不可以，晓玲的戏还得另外找配音演员来配（附带说一句，《红楼梦》电视剧的青年演员，是从全国各地选来的。不少是地方剧种，如川剧、黄梅戏、扬剧的演员。说话地方音较重，因而不少人都是配音演员配音的）。

晓玲同志放得开，很会作戏。而且夏金桂这个角色，很对她的路子。所以演得很成功，在现场就博得不少喝彩声。

不妨说个小插曲。有一个金桂撒泼的镜头，要摔碎一个很好看的釉下蓝花瓶，摔的时候而且要又哭又闹。当然这也不算难。难的是花瓶只有一个，已在镜头中出现多次了，道具组没有重样的，只能摔一次。也就是说一次通过镜头，这就难了。晓玲同志捧着花瓶，比划了好几次，她心里觉着、嘴里也说了好几次，这样好的一个花瓶，摔了真可惜……但是为了演戏，有什么办法呢？导演一再启发，晓玲同志进入角色——一咬牙、一跺脚，狠狠往下一扔，哗啦一声，花瓶粉碎了，夏金桂也披头散发，坐在地上，一把鼻涕一把泪，又哭又闹……晓玲同志把角色创造成功了。导演一声"过了"，晓玲同志才松了一口气，回到现实生活中来，露出了欣慰的、成功的微笑。

化妆师在试妆时，有一次把她化妆成波斯妆，画上细眼角、戴上鼻环，点上花钿，特别别致漂亮。因而在蓬莱拍探春远嫁时，她又演了蛮女的角色。可惜当时我在上海有事，未能赶到现场，没有看到她饰演蛮女的精彩镜头。

《红楼梦》电视剧拍摄完成，与观众见面了，这是值得庆贺的。东北姑娘全始全终，辛勤劳动，为此是作出贡献的。在此也应该感谢她们。

东北姑娘，参加《红楼梦》电视剧拍摄的还有几位，一样应该感谢她们，在此不能一一介绍了，都向她们致以遥远的问候和祝贺吧！

末了，还要拖一个小尾巴，有一位东北姑娘，也很有演戏才能，而且担任了很重要的角色。但因为自己不能自爱，剧组不得不中途换人，对她本人说，对剧组说都是损失。在此我以识途老马的身份，奉劝有才华的青年演员们，在你们事业的征途上，爱惜羽毛，奋勇前进，追求最大的成功吧！

一九八六年十二月二十二日于上海水流云在轩南窗下

尤三姐的锋芒

昔人云："丹青难写是精神。"论画如此，论文亦如此。小说中写人物，其艺术化境、文字妙处，也在于写出人物的精神。

这不在于着墨多少，色彩浓淡，笔触粗细等等，而在于学力、修养、天才、兴会等等。古今艺术大师，其作品成功之处，都在于能表现出精神、意境，表现出活的呼吸着的艺术形象。曾见大千居士一幅白描仕女，人物背面立着，上面只有几条柳丝，边上一点山石，构图极为简单，但满纸飘逸之气，强烈地感染读者。似乎人物的惆怅感情，憔悴形态，虽然背面立着，也呼之欲出了。而别人着意临摹，却总是画不出这种气氛，这也就是所谓"丹青难写是精神"吧？

读《红楼梦》，这种感觉，更是触处皆是。有时候几句话，人物的精神就被写得活灵活现，读者立刻便有闻声见形之感。

这里不妨随便举个例子。第六十五回有一段写尤三姐的文字道：

三姐儿听了这话，就跳起来，站在炕上，指着贾琏冷笑道："你不用和我花马掉嘴的！咱们清水下杂面——你吃我看。提着影戏人子上场儿——好歹别戳破这层纸儿。你别糊涂油蒙了心，打量我们不知道你府上的事呢！这会子花了几个臭钱，你们哥儿俩，拿着我们姊妹两个权当粉头来取乐儿，你们就打错了算盘了！我也知道你那老婆太难缠。如今把我姐姐拐了来做了二房，偷来的锣鼓儿打不得；我也要会会这凤奶奶去，看他是几个脑袋？几只手？若大家好，取和儿便罢；倘若有一点叫人过不去，我有本事先把你两个的牛黄狗宝掏出来，再和那泼妇拼了这条命！喝酒怕什么？咱们就喝！"说着自己拿起壶来，斟了一杯，自己先喝了半盏，揪过贾琏来就灌，说："我倒没有和你哥哥喝过，今儿倒要和你喝一喝，咱们也亲近亲近。"吓的贾琏酒都醒了。

尤三姐是《红楼梦》中地位比较特殊、处境十分困难、而又锋芒毕露的英杰人物（恕我只能用这样的词语来称赞三姐），占的篇幅很少，而闪射的光芒却极为强烈。如果说尤三姐的一生，是划破长空、照亮黑暗世界的闪电，那前引的一段"羌鼓三挝，则万花齐落"般的言词，便是不及掩耳的迅雷，"吓的贾琏酒都醒了"。如和《金瓶梅》中写的"王八脸都吓绿了"比较，只觉前者是恰到好处，而后者则是太下流市井气了。这种小地方，也颇能显示出现实主义和自然主义的细微差别。

尤三姐这段对话，是作者写三姐锋芒最成功的地方，也是最显示作者才华笔力的地方。而作者在这种文字的运用上，也是因人而异，变化多端的。如把尤三姐骂贾琏的话，和探春骂王善保家的话，鸳鸯骂她嫂子的话，凤姐大闹宁国府骂尤氏、贾蓉的话对照来看，又可看出作者笔端出神入化、变幻无穷的功力。同样是写各个人的锋芒，但口吻不同，措辞各异，神态也自然因不同的生动语言而活现纸上了。使人自然感到，她们的口吻，她们的性格，她们的灵牙利齿，各如其人，各如其声。这就是活的艺术语言，活的艺术形象。可惜三姐的话，运用的是纯北京的方言，熟悉北京话的读者，会更有闻声见形之感。而不熟悉北京话的读者，便感到隔着一层了。所以一切文学作品，不只要求写作者要有高超的语言艺术水平，读者也必须具备相应的水平，才能得到更形象、更深刻的感受。

纯西方式的人物描写，不论要刻画人物心理性格的哪一方面，都要用冗长的文字来专门描绘。而我们民族的表现手法，则主要是让人物用自己的语言显示自己的性格，尤三姐的锋芒，就跳动在她的语言中，这是更活跃的人物形象。大凡语言之表现人物，一在于模拟声态，各有其人，各有其态，这是白描的过硬功夫，要在平时的千锤百炼；二在于传神阿堵，写出人物精神最活泼的一瞬间。所谓活泼，是其感情、其七情六欲、喜怒哀乐爱恶欲表现最强烈的时候。能把这刹那间最形象、最感人的声态，用人物自己的语言表现出来，这就是传神阿堵的化境了。各种艺术的神来之笔，大都表现在这一点上。但这第二点却是第一点的结晶，没有第一点，一般说，不会出现第二点的。王国维所说的三种境界，实际也就是这个道理。"神而明之，存乎其人。"艺术的境界无穷，说是说不完的，只在乎各人的神会吧。

▶《红楼梦》剧组梅林合影

▼ 邓云乡与饰演妙玉的姬培杰

▶ 邓云乡与顾起潜先生

▼ 邓云乡与"第一代"迎春金莉莉

▶ 四川都江堰

《红楼梦》剧组拍清虚观打醮

▶ 扬州瘦西湖凫庄

▼ 扬州瘦西湖

▶ 邓云乡与陈晓旭

▼ 邓云乡与陈晓旭在宁荣街牌楼

▶ 邓云乡与饰演贾母的李婷

▼ 宁荣街"出殡"的队伍

▶ 邓云乡与张莉散步说戏

▼ 邓云乡与陈晓旭散步说戏

▶ 邓云乡在拍摄现场

▼ 邓云乡与《红楼梦》代表团访问新加坡（1988年，从左至右：周颖南、张莉、陈晓旭、戴临风、邓云乡）